梅玩梅聊

梅林的美丽笔记

梅 林／著

中国轻工业出版社

目录

自 序

　　长久以来就一直有出版社找我出书，但在我传统的观念里，出书可是件大事，内容总要有些真知灼见或独到看法，用词遣句更得字字斟酌，力求精练隽永吧？！而我这个人，随性惯了，生活起居本就有些漫无章法了，更是很难认真严肃的去规划一本书，该如何有组织有系统的说点什么，所以也就一直耽搁了下来。

　　但这几年来，出书早就不是那个概念了，不论是谁，哪些内容，哪种形式，好像都可以出本书，无论是严肃的论述或轻松的闲聊，都能是风格的一种，呵呵，价值多元化后的最大好处就是个人压力的卸除，于是，我想我可以出书了，我可以用我最自在的口语方式，说出自己在造型时尚界工作二十年来的所思所感了。

　　十几年前，我也曾很天真地以为，媒体上那么多关于我的报道，我的作品，我只要将它们一点一滴地收集、保留，将来它们就可以充做我的回忆录和书的内容了。而这样的剪贴簿，我也还真保存了十几大本。但在试着列出这本书的大纲时才发现，就是再轻松的态度，拼贴旧作也是无法成书的。所幸的是，我一直是和有才华有影响的伙伴们一起工作，从他们那里学到了许多东西；我曾为各种有名无名的人们做造型，和他们一起探索着装扮更多的可能性；我也曾在世界上不同风格的国度里生活、长住、工作、进修……所以，可书写的东西其实很多，既可以将多年在造型方面积累的经验，收获的心得，广而告之，亦可以把生活中一些点滴小事的细腻感受，亲密分享，图省力的快捷方式既然走不通，那就老老实实地整理一下自己吧！

　　许多多年未见的朋友都很惊讶，那个年轻时事事追求完美，处处讲究细节的梅林，现在竟然也能越活越开朗，越活越知足？其实，生活的跌宕起伏，让我渐渐明白，生命犹如一幅泼墨画，浓淡才能有致，该用功的地方不能省劲，该看淡之处不妨留白。生命如此，做造型又何尝不是?

造型诚然是表面的东西，你可以认为它是肤浅的，但它也是最直观的，一个不熟识的人首先会对他眼中见到的你，做出先入为主的判断，而同时，你之所以会选择这样穿着，那样打扮，不也透露出你内心世界中的一些价值判断与自我渴望吗?

时尚追求中，快速更新是为了告诉别人自己还很年轻并勇于尝试，而某些部分的一成不变则是想透露自己对某些审美的坚持，有为有守。看一个人的化妆，你能猜到他对自己的哪部分自信与不自信，而看一个人的发型你能猜到他向往的自己的个性。

如果外表会先造成别人的成见，往后你想再靠自己的"内秀"去扭转，岂不是事倍功半吗? 所以造型无所谓好坏。只有当你希望传达出的信息与接收者产生极大的落差，甚至相反效果时，那才叫做造型失败。人生中的某些失败，时运使然，我们逃脱不开;而自己的造型明明就控制在自己的手中，何必因而受挫呢?

专业造型固然需要大量的知识与工作实践才能成就，而日常生活中的打扮，成败经常只是画龙点睛式的灵巧一笔，重点是这一笔你要如何才能福至心灵的体会到，且巧妙的运用上。所以归根究底仍是，我们的审美品味需要不断提升。炫耀的张扬，或是低调的内敛，各有其美，但不论是哪一种形式的美丽，其基础都是质感，好的质感永远是不会落伍的，无论是化妆造型或是人生态度。这本书各篇章之间或许显得有些杂散，但其实我始终想表达的，想让大家感受到的，无非就是"质感"这个观念吧!

梅 林

1

流　行

fashion

流行是用来半推半就的

大部分生活中用不到橱窗展示的服装和饰品，只要欣赏和掌握些流行趋势就可以

纽约第五大道BERGDORF
GOODMAN百货公司橱窗设计是全
世界最有时尚感，最具权威性的流
行广告橱窗之一

纽约saks第五大道百货公司橱窗设计
在全世界享有盛名

流行——流行是用来半推半就的

造型从来都是个人化的东西，不管你自认为身份多么不起眼，在这个世界上，你永远是惟一的。可能你会适合跟随某种潮流，但不可能每种潮流都能带你走向更美。每个人会有属于自己的基本美学概念，它来自每个人本身的差异：你是外向的、内敛的、含蓄的或者张扬的，你的五官、体形、姿态、皮肤的情况这些资料都是属于个人的"档案"。

彩妆品的最新科技和流行趋势会让人眼花缭乱，无论是某品牌还是某系列，怎样才能知道它们的诉求正是你个人的诉求？假如有段时间流行蓝色的眼影或者深色的口红，仅仅是由于它是最IN的，就会有很多标榜时尚的女人一窝蜂地拥上去买来使用。这个时候其实误区就产生了，事实上，你要做的不是全盘跟随潮流，而是根据自己的实际情况，对流行趋势"半推半就"——可能这也是女人矜持的一种表现。

服饰是同样的道理，比如今年流行娃娃装，可能你的环境、状态用不到这样的衣服，那么只要欣赏就可以了，不一定非要穿上它才能算IN。流行尽管是流行，你不用去反流行，只是，你可以从流行中挑选符合自己风格的部分，这是"取舍"的道理，也是"推"和"就"的关系。

对于大众来说，流行趋势的另一个主要代言人就是艺人明星。我给艺人做造型的时候，通常会比较夸张和浓烈，这是职业的需要，也是杂志、电视等媒体出于商业的考虑。这也从一个角度说明了流行趋势是不可盲目跟风的——因为模特和艺人在某种程度上是这个社会的一种"商

橱窗中标榜的是流行和时尚,不见得一定要一窝蜂的去追求

品",但同样的造型用在你身上,既然失去了商业价值,也就没有为此付出代价的必要了。

流行趋势与我们的距离,是那句著名的"这么远,那么近"。

"远"是因为她们常常透过印刷或数据线路出现在杂志或电视上,出现在美丽的模特和明星身上,距离增加了"美"。当你把所有夸张的元素用在自己脸上的时候,近距离看未必好看。

而"近"则是因为趋势之所以能够具有流行性,它一定有符合大众的共通的东西,这是需要你根据个人风格需要来采集的东西。比如现在造型流行"混搭",混搭最主要的元素是将所有最好的东西、最正确的东西跨领域地集中到一起来——包括服装的颜色、质感、款式完美的搭配。你做到了这点,就跟随了流行,但如果盲目了,就会走到另外一个极端:不合宜的随便乱混。

想想过去的一年里自己穿什么衣服感觉最好看,得到最多朋友的赞美?哪件衣服穿了自己又不舒服别人也视而不见?只要坦诚地了解自己,就会找出自己的美感。无论你选择一个发型,一件衣服,一件化妆品,皮包鞋子等,它不但要属于流行,也要对你自身是个提升,否则这个流行点就不属于你。

选择混搭的时候,先要看看上下衣服和外套鞋子皮包的颜色合不合适。会出现两种可能,比较安全的和比较夸张的。黑配白,咖啡配米色,红配黑或白,就是安全的搭配。如果对美学有一定的素养,你会想到一件白衬衫配一条黑裤子,搭一条红色的皮带,效果很跳,很活跃。但是,至于你会倾向于哪种可能性,这就是你和时尚之间半推半就的恋爱游戏了。

百货商场的橱窗是预告流行的信息区

奢侈品牌「西成东就」

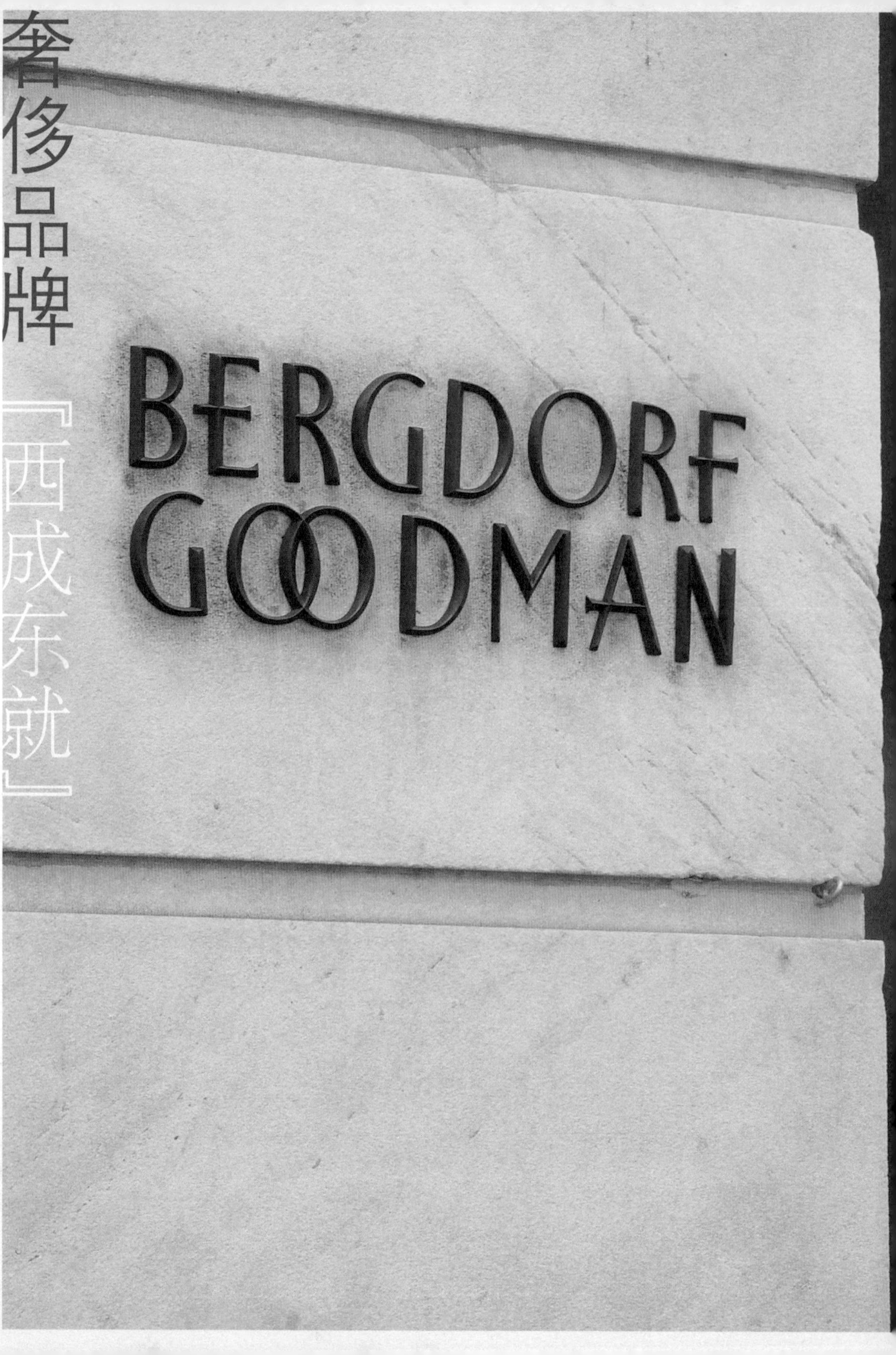

明显的LOGO之外，材质和做工也奠定了高价位的产品

高级珠宝和名表是个人财富地位品位的综合LOGO

就算没有超大的LOGO，奢侈品牌照样可以永恒经典。Hermes Birkin包就是最佳的代言

奢侈品牌的定义——任何物品都有显著的LOGO

奢侈品牌——奢侈品牌"西成东就"

　　我曾经中过"毒"，还好现在已经戒毒了，这个毒的名字就叫做"奢侈品牌"。两年前我曾经迷恋过**"Y-3"**，这个品牌所表达的简约自由，快乐运动的理念完全符合我本人的个性，我疯狂爱上了它简单大方的面料和款式。我在英国和美国的侄女们知道后，分别在各地帮我搜罗了各种各样的**Y-3**的夹脚拖鞋、帽子、T恤等很多东西，当她们兴致勃勃地想要给我一个惊喜，把这些东西送到我面前的时候，我没有兴奋尖叫，没有感激涕零，而是紧张地问道："你们有没有保留商店的收据？赶快去把它们退掉！"——我的**Y-3**"毒瘾"持续了一年，已经结束了。来到中国内地后，我发现**Y-3**的假货遍地都是，做工和款式的仿制炉火纯青，几可乱真，价钱又便宜得令人痛心。假名牌泛滥到让我替其设计师都感到心疼，我不再迷恋名牌。

　　欧洲的人文历史和社会结构，造就了奢侈品牌生长壮大的土壤，奢侈品牌在西方成功运作好几百年。从上个世纪开始，出于商业的考虑奢侈品牌开始"东就"，大举进入亚洲各国，他们发现，东方人对奢侈品的消费能力大大超出他们的预想。很多年前，中国内地有一部分人喜欢把名牌的大**LOGO**穿在身上，越显眼越好。于是大品牌投其所好，把**LOGO**在产品上印得到处都是，或放在一个想不看到都难的地方。但是，奢侈品牌在时尚方面起到的作用，不应该仅仅是制造和跟随潮流，它们更需要帮助人们提升品位。从这一点说，奢侈品牌进入东方国度的

在纽约，世界一线级名牌专卖店林立　　奢华时尚的第五　　纽约顶级时尚百货公司

纽约三大时尚SAKS第五大道百货公司　　奢华时尚的纽约第五大道、世界名牌专卖店林立

城市之后，在引导大众审美的方面，还有很多工作要做。

　　西方人对大品牌的渴望远没有东方人那么迫切和明显。这点我们可以从巴黎的**LV**店门前排的长长的亚洲人队伍就可以看到。在西方人看来，大品牌的使用一定是要物有所值，要和被使用者周围环境相协调，要给使用者带来美好的感觉。如果我送我的朋友一件礼品，选中了一个**HERMERS**的围巾，我会考虑它是不是适合朋友的，朋友会喜欢吗？而不是先想到朋友看到"HERMERS"这个商标时露出的惊喜的表情。

　　穿一双几万块的鞋子到山区去会是什么效果？能否得到它应得的赞叹？奢侈品牌是需要气场的。只有在适合它出现的地方，它才能把自身的光芒毫无保留的放射出来。在衣香鬓影的酒会派对或颁奖典礼，或星光熠熠红地毯夹道的电影节，名流和明星披挂上阵，你会感到一种扑面而来的耀眼星光。这个气势，除了名流和明星本身的素质，奢侈品牌的

纽约第五大道是世界奢华的时尚大道代表

烘托作用绝不容低估。明星需要一种气场，其本身也会营造一种气场，华丽、高贵、典雅、另类、复古、宫廷，如此种种，只有在这个场合，你才会发现，这个**PRADA**的包实在是太漂亮了！那条**CATIER**的项链配那条**JIL SANDER**的裙子真是绝搭！

近几年的中国，在消费奢侈品牌方面已经有了可喜的转变。艺人们已经越来越理性了，比如参加一场**Party**，每个人最怕的不是自己不够靓，而是撞衫撞包撞鞋。他们会挖空心思去寻找最具个性的和最适合自己的装束，而不是最大的牌子——要知道，所有的大品牌推出新品时全世界有多少双眼睛在关注，多少个美妙的身体想把它们穿在身上。在经历过几次令人尴尬的撞衫之后，艺人们越来越聪明，不愿几双眼睛同时盯住一件衣服，而是挑选优雅大方的，绝不和别人重复的衣着，这样他们永远是独一无二的。

在我看来，北京、上海、香港、台北四地作为时尚之都最具代表性。这些地方的女人打扮自己的时候都有两极化的现象——会打扮的特别会打扮，反之亦然。不光表现在时装的品位上，还与肢体语言、教育程度、社会经验、文化等都有关系，比如能够注意讲话的音量，不同角色的变换等。

特殊地理位置、历史地位和多元的文化交汇，让香港从近代开始就是一个真正的国际化大都市。从人文环境上来讲，受了英国教育的移民和到国外接受教育再返港的香港人，在上流社会中占了多数。他们崇尚最高的欧洲礼仪，他们的社交场面宏大而隆重，参加正式晚宴的女人需要奢侈的高级珠宝和拖地的长晚礼服。如果没有这样得体的打扮，就会显得自己和整个阶层格格不入。只有符合身份的造型装扮，才能为自己的头衔加分。所以香港人会更加讲究场合，懂得表现自己，他们买奢侈品是为了提升身份地位，并且，他们知道怎样优雅地表现。

台湾是一个有发展过程的岛屿，纵向有历史的推进，横向则有南北

奢侈品牌都会有专属的配件和面料来呈现产品本身的价值观

时尚和奢侈只在一线间

的差异。

几十年前，台北很少有正式的酒会或晚宴，既没有对奢侈品的需要，对造型也没有特别的要求。十几年前，艺术展览、艺术品拍卖会、商务交流需要的酒会等场合在台湾慢慢增多起来，台湾的上层社会也就渐渐注重高级文化。他们开始建立奢侈品意识，开始讲究造型与时装的搭配。但此时的台北仍然罕有世界级的**Party**，服装可能停留在洋装或套装上，妆容开始有专人包办，但并不普及。直到近**10**年，拖地晚礼服频频出现在台湾，随着商业和文化越来越融入世界舞台，台湾的正式场合越来越多了，名流和明星们普遍拥有专人专用的造型师，配饰也逐渐奢华起来。

从南北差异上来讲，台湾中南部的人比较朴实，他们不爱讲究打扮。这里所能承担的酒会宴会仍然不是很正式。但中南部也有上层社会，有大身份的人也会飞一个多小时到香港去参加**Party**，所以他们中也有一部分人会具有先进的造型意识，只是还不普遍，整体仍表现是一种本土感。

内地的奢侈品环境，呈跳跃式发展。北京和上海似乎没经历过台湾那样复杂漫长的发展过程。从名牌意识到正式商务气氛的建立，一下子从无到有。有些人难免没有很强的造型搭配意识，他们似乎过多地想表现穿戴的名贵，而忽略了怎样穿戴出优雅的品位，会出现乱搭：化妆、服装、颜色、面料上面的不协调。我曾在很高级的写字楼和商务区看到白领们穿着半截丝袜穿凉鞋，这样的错误出现得很多，说明时尚常识并

奢侈品牌的LOGO是所有仿冒品争相模仿的对象

BVLGARI宝格丽顶级珠宝

虽然只是个购物袋，但它也象征着时尚奢侈品牌的地位

没有达到完全的普及。

　　我个人喜欢爱马仕，但现在总体不会注重品牌是否足够奢侈了。现在，它们已经不会带给我快乐。当年喜欢大品牌的精致、独特、引领潮流，现在会在做造型时用到大品牌的化妆品，因为它们品质好，选择性高，能够得到我本人和我客户的共同认可，但这不代表我会停止开发新的品牌。我不反对奢侈品牌的"西成东就"，我希望它们在东方能得到和西方一样的成就，但同时也更希望东方人在消费西方品牌的时候，能像西方人一样优雅从容。

奢侈品牌创造了流行时尚，在Lanvin巴黎总店，陈列着超人气的热卖饰品

造型的灵魂叫做艺术

这款妆容是在纽约为Max Factor 化妆品设计的

摄影 MARK

UTOPIA CITIZENS

造型是整体的，精心设计后才会出现它的灵魂。为VOGUE拍摄的整体造型——摄影梅远贵

造型——造型的灵魂叫做艺术

无论是年轻年长，大众会不自觉地让"艺术"在印象里打下"另类"的烙印。事实上，艺术有层次，但并非每一层都"另类"。

对于造型，要得到它的灵魂，首先要进入它的世界，然后热爱它。

对于造型师，要扮演这个角色，就要把身边的一切变成灵感的源泉。如果一个人足够感性到能让接触到的任何东西激发出灵感，那么他已经具备一个造型师的潜质了。做造型的人并不需要刻意遵循任何法则，因为身边的生活真实存在，当你发现没必要去遵循那些教条的时候，你已经进入了造型的世界。

国外有很多行为艺术的表演，比如在纽约时代广场或巴黎卢浮宫，那里是行为艺术者的舞台。我曾在纽约街头看到有个人把浑身涂成绿色，并摆出自由女神的造型。这是一个行为艺术，可能会属于"另类"那个层面的艺术。面对这件作品，对于作为造型师的我来说，我会想到，那个绿色是用什么原料做成的？会不会干掉？有的人打扮成动物或雕像，这是一种空间艺术，只是完成自己的一种意念，并不需要人们的承认或回报。观看者就算是抱着一种好玩的心态去观赏，也会感受到美，令人感叹他们很了不起。

不管是哪个层面上的艺术，正确的态度永远是乐观。即使是有些"血淋淋"的艺术，原则上并不适合我本人去欣赏，但这并不影响它启发创作灵感的可能。

化妆、发型、服装、饰品完美设计组合，才会出现设计后的精彩。为费加洛杂志设计的妆容

追求嬉皮和朋克风格的人，会用一些另类的装束来表现自己，这属于代表个人风格的艺术。但对于我来讲，另类的艺术是遥远的。但如果在造型中遇到需要表现朋克式或维多利亚式的风格，我会立刻想起他们来，直接把他们的艺术表现运用在造型中。

造型也并非纯感性的东西。学习，是赢得更多灵感的另一个源泉。足够的感性，加上后天的学习，让我在30多年中的每个阶段里不断产生新的领悟、新的喜好，我要把内心的不同随时表现在作品里，我永远都没有机会厌倦造型工作。

作品的个人色彩是艺术家的生命，以艺术为灵魂的造型也是同样的道理。画家会坚持表达个人色彩，这样能保证不盲目；造型师就要坚守自我创作的领域，这需要毅力，因为我们都在受金钱和大众审美的诱惑和压制。一旦妥协，去做失去自我的东西，那么厌倦感就会悄悄袭来。

很年轻的时候，我已经赢得太多艺术类的奖项，但是我不愿每天对着画板画相同的东西。我受不了限制，我喜欢自由奔放，喜欢高雅和淡雅，所以我的作品少不了整洁优雅的风格。因此我的造型游戏一直固执地坚持自己的规则，有时候我会为了坚守原则而放弃金钱和美誉。

但事实上，经过努力之后，我所坚持的风格同样能够赢得别人的掌声和赞誉，你要做的是把自信带给别人，让别人相信你的风格可以是美的。

造型的灵魂，是艺术。

而动力，则来自你的坚持和自信，也许，还有骄傲。

看秀

的

人们

也

在

作秀

模特台上的出色表演，紧紧扣住台下观众的神经

等待进入会场的时髦人士

在巴黎，每一场秀都会造成轰动，是很多人
挤破头都想要去感受的

光是会场外的精心布置，就能感受到时尚的热力

Fashion Show——看秀的人们也在作秀

　　时尚生活里很常见的一部分，就是一场又一场的时尚秀。它或者是服装设计的年度盛事，或者是品牌的新季新装发布……制造它们，观看它们，评论它们，学习它们，这似乎是作秀和看秀的全部。但是，你有没有看过另一面？这一面既不属于万人瞩目的T台，也不属于隐藏得很好的后台，它就在台下，虽然没人隐藏，却也不用特地观看。但如果你想去看的话，那么你将看到的是一个比T台更琳琅满目的万花筒！

　　T台上走秀的人，职业单一而专业——无论男女，他们共同的名字叫做model。你看到的是最专业的搭配和最完美的体态，它们都是设计师的作品，也是品牌的产品。但T台下的人们是生活中的各种代表，他们可能是贵族名流，可能是商界精英，可能是媒体人士；可能是艺人明星，可能是造型师或摄影师，可能是白人，可能是黑人，可能只是时尚爱好者……他们是去看秀的，但同时他们也是去作秀的。每个人去看秀之前在家挑选看秀装扮的时候，都会幻想自己的打扮会赢得别人怎样的评价，就算完全不在乎别人看法的人，也会期待用装扮来表达个性。

　　于是当你去看秀的时候，台上璀璨的镁光灯里走来走去的是最新的款式，最有设计感的造型，最完美的身材和体态；而台下则是在若隐若现的灯光中摇曳着各种各样的自我和源自不同生活背景的造型创意。他们中间会有人穿叫得出来的牌子，但大部分都不是奢侈品牌的制服秀，反而充满了不知品牌的奇怪配搭——奇怪不代表不好看，有奇装异服，

①意大利vogue总监，有着自己独特的打扮，是每场秀的最引人注目的嘉宾

②黛咪摩尔是Lanvin的常客，每场秀必定要有大明星的加光发热，必能造成秀后的广泛报道

③在巴黎，我为模特走秀时之前的定妆照

④Jenny jackson 在参观巴黎的时装秀，接受记者的访问

⑤看秀的人有着不同文化的打扮，也是秀场里最引人注目的时尚焦点

⑥不见得要华衣美服，但要抓到自己个人的特色，也是秀场中的焦点

也有混搭高手，平时很难一下子看到这么多造型的呈现。从妆容到配饰，从包包到鞋子，每个能引发灵感的元素都让我兴奋：原来藏青色和卡其色配在一起这么好看！原来20世纪50年代的服装可以融入当下的流行元素！原来这个帽子还可以戴成这样！原来民族风真的可以是世界风！原来这个颜色的眼影可以这样用！每个"原来"都是一次茅塞顿开的领悟过程。

从观众入场到找到自己的位子落座，虽然只有短短一段路，但每个人的这段路都是不同的风景，让这场"台下秀"从开始一路精彩到结束，但它不受音响和灯光的限制，却散发最自然的神采。每个人的不同风格都在彰显不同的时尚品位，台上台下争奇斗艳，这么多的衣服穿法，这么多的彩妆创意，这么多的身份人种，同时为了自己的品位而秀，别开生面，这是在秀场外，甚至上**T**台上，都很难集中看到的。一些欧洲的时尚杂志在报道时尚秀的时候，已经开始以台下看秀的人为主角做专题，他们拍下看秀者的穿着和妆容，甚至采访到了他们的时尚态度。

下一次，请在看秀的时候，也欣赏一下看秀的人，他们会让这场秀所呈现给你的，更加惊喜，更加完整。

在巴黎，我为模特走秀之前的定妆照

优 雅

concinnity

女人，东方不败

为FIGARO杂志特别选了脸形立体、性感唇型较西化的模特诠释中国风的彩妆造型——王实拍摄

瓜子脸、细眼睛、黑头发也是很多西方女人梦想要的美——我为marie claire杂志做的造型。王实拍摄

西方人的白肤质是东方女人永远在追求的。在伦敦拍摄当时我没有用粉底液。只轻扫了些蜜粉。照样能完成模特儿的妆容

东方人圆型脸的特质可以可爱可以甜美。这组我为LANCOME设计的彩妆。拍摄后没多久模特儿张梓琳已成了世界小姐冠军了——摄影王实

为vogue杂志拍摄的作品与韩国摄影师为化妆品创造的妆容。模特儿精致完美的比例，绝对的东方

女人——女人，东方不败

　　全球国际化的速度实在太惊人了，几年的工夫，"崇洋媚外"这个词已经鲜少有人提起，针对它的批判或者颂扬的声音都几乎荡然无存。我们的城市已经被全球化了，加入了"地球村"之后，我们接收外来的东西变得好容易。

　　只有一件事不容易，那就是，就算我们用上了西方的保养品、化妆品，穿上了西方大品牌服饰，我们还是黑头发，黄皮肤，身材相对娇小的东方模样。很多东方女人会看着电视和杂志上高大的欧美女人发出遥不可及的赞叹：

　　哇喔！这些西方女人只是很随意地穿一条牛仔，一件T恤，就好大方，好有型！

　　天呐！她们的头发简直是金色的波浪，如果这样的波浪卷在我的头发上就变妈妈级了！

　　她们的皮肤好白，婴儿白里还透着暖色的粉红，天生的！

　　我在东西方做造型工作几十年，东西方女人的特点和优点自然不会在我眼里漏掉，在比较之后我很确定，东西方女人各有千秋，在这方面，东方是不败的！

　　东方女人会羡慕西方女人的，是她们白皙的皮肤（当然是白种人），轮廓清晰的脸型，尖挺的鼻梁，深邃的眼睛，高大的身材……相对东方女性大多偏扁平的臀部而言，大约十个欧美女性中有七个拥有

向上微翘的臀，十个黑人女性里差不多有九个拥有又圆又翘的臀部。她们的头发密度高，又细又软又绵，质感轻柔，发色偏淡。但上天是公平的，你以为西方女人不羡慕东方女人吗？她们同样会感叹我们拥有细嫩光滑的好肌肤，相对年轻的面容，相对不发达的汗腺不会困扰到自己和别人的嗅觉，不用日光浴就能得到的健康光亮的小麦色肤色……

除了外型，东西方女人的性格差异也很大，同样也可以证明我们东方女人的魅力。

1. 西方女性的性格比较自然，她们可以很自然地谈论到性爱，相对比较开放，讲究散发女性的性感和风情；东方女性则矜持自重、含蓄内敛，不能说是保守，因为这种若即若离在某种程度上，其诱惑力并未减弱。

2. 西方女性个性强，有独立意识，不爱依附男人，当然事业心也要强一些；东方女性看似柔弱，但有忍耐力，小鸟依人的性格能满足男人的被需要感。

3. 西方女性能充分感受身为女人的喜悦，在西方甚至有很多男人

①气质美女张静初特别为marie claire杂志拍摄的大片。我改变她眉型画上宽厚的双眼线。营造出她妩媚冷艳的东方美。王实拍摄

②在纽约拍摄化妆品的广告，模特儿五官立体，皮肤粉白。但肤质就不如东方女人细致。因为体形和饮食原因造成了西方人比东方人较提前老化，所以东方人在肤质上仍有优势的地方

③拍摄vogue杂志为模特儿梳高头发，画上夸大的眼线，西式礼服。仍然有强烈的神秘东方女人魅力

④东方的美也开始被西方人接受和欣赏。为模特画上流行的彩妆和西方人同样表现出时尚元素。梅远贵摄影

⑤全身美好的比例。独特气质。为静初画上淡妆。梳高头发，虽不及西方女人的高挑。但仍然是西方人羡慕的美，为她在洛杉矶赢得了不少美誉

想变身成为女人，甚至不惜为此斥巨资冒生命危险做变性手术。但常可以听到中国女人说，下辈子不做女人了；但东方女人宽容隐忍，善解人意，这份温柔的天分，可不是西方女人所能比拟的。

在为杂志做造型作品的时候，常常会有人拿欧美模特的造型图片当作参考，希望我们也能完成那样的画面。但是，无论我们事先准备了多少种颜色、质地的彩妆品，无论我们去找来多么复杂的服饰和头饰，无论我们的摄影师怎么调整背景和用光，甚至无论我们去找外型上多么接近西方女性的模特，最后很难达到预期的效果，仍不能真的还原参考图所表达的感觉。

我来和你们分享我从这件事得到的启发，不要盲目去模仿西方女性的造型感觉，那不适合你——假如连专业的模特都做不到的话，你又何必强求不专业的自己呢？我们要做的，是发掘自己的优势然后善加利用。

另外还有一件神奇的事，除了东西方的空间差异之外，我发现人类的脸型和骨骼其实每一代都在传递着细微的变化——也就是说，时间也能拉开外型上的差异。比如我们在当今的明星中，找不到类似林青霞那样的脸型，而在林青霞那个年代，也很难找到类似阮玲玉那样的脸型。早年的女星脸型圆润甜美，五官都分得很开，发展到现代，周迅样的脸型成了主流，女星们的五官渐趋集中，当然这和大众审美选择出哪个类型会成为更受欢迎的明星有关。但我在做类似复古主题的妆容时，我发现在现代人的脸上，无论用到什么化妆方式，都不能在艺人或模特的脸上穿梭时光回到过去。经过了几十上百年的变迁，女人的眼窝、鼻子的弧度，都不一样了，旧时明星脸上文静、淡雅的气质绝难移植到当代女星的脸上！如果你不相信，可以去翻老照片。

罪恶
是美丽的公敌

害羞——害羞是美丽的公敌

　　我因为从来都不会害羞，而一直没有对此有何感触，这是一次我和朋友在一起喝咖啡的时候从他的话里忽然获得的一个启发。

　　大部分人都不可能是完美的，都会有各种各样的缺点，有的是天生的，也有的只是当时当日的一些小状况。当你在人群里的时候，如果你自己把这些缺点无限扩大，只重视这些，并因此"害羞"，那么你等于在强迫别人也把注意力放在你的缺点或失误上。你的"缺点"会对你产生多大的影响，很大程度上取决于你对它们的态度，如果你在人群里害羞遮掩，那么你要知道这样一个成语：欲盖弥彰。

　　自信的女人用昂首的步伐和淡定的表情告诉人们她们的自信所在，用微笑的魅力把握住人们的视线，她们即使坐在大排档都和坐在五星级大酒店一样风采不减。但她们可不一定全都是外型完美的女人，但自信是她们美丽的精神支柱。自信让她们瞬间变得光彩耀人，淡雅高贵，永远不会因为容颜的衰老而失去魅力。

　　不自信的女人带来的影响刚好相反，不但会夸张她的缺点，也让优势之处黯然失色。当你自己遮遮掩掩别别扭扭的时候，其实周围的人也会替你别扭。如果你自己对自己是全面接受和肯定的，也会在潜移默化中对别人形成良好的心理暗示。

　　自信当然也不是凭空就可以拥有的。以自信最直接的表达方式——微笑来说，很多人不能自然的微笑是因为牙齿不够完美。总是会觉得笑得露出牙来会破坏自己给别人的美好印象。那么，你有两种方式来获得自信。第一当然是去做牙齿整型，成功的例子很多，牙齿的整型不是大手术，不但能让牙齿变漂亮，也会把嘴型调整得更好。或者平时多积累一些自己的造型经验，从镜子中观察一下自己在哪个角度或用哪种笑容可以更好的掩饰天生的缺陷。第二则是自信心理建设，没有自信的女人大多是因为没有安全感，你的事业和经济能力是否傲人，你有没有诚恳善良地对待别人，你对爱情是否满足等，这些问题里只要有一项的答案是肯定的，你就可以告诉自己，你现在是安全的，是可以足够自信的！害羞是美丽的公敌，自信是美丽的支柱。

你最关心的牙齿整型信息

牙齿整型这件事完全印证了那句话"对的事什么时候做都不会太迟"。很多人误会牙齿整型必须趁小孩的时候，其实这种绝望是没必要的。接受牙齿整形的人群中，成年人是主流，他们为了改善笑容，改正牙齿咬合状况或纠正因碰伤、疾病或长久忽视口腔护理所造成的各种嘴型"缺陷"。

在任何年龄都可以移动健康的牙齿。成年人的许多牙齿矫正问题可以像小孩那样容易解决。对于60岁的成年人和12岁的孩子，牙齿矫正中所施加的力对牙齿的移动效果是一样的。当然，因为成年人面部骨骼不再生长，一些严重的牙齿咬合不正问题并不能单用矫治器来矫正，有时需要运用颌面外科手术和配合矫齿才能解决。

年龄大小对矫正的效果没有什么区别，惟一的区别就是年龄越大，矫正的时间较长，一般成年人的矫正时间约一年半或两年，小孩子则是一年或一年半。矫正牙齿的过程不是特别的痛苦，只是个习惯的问题。

对于任何年龄的人，拥有怡人的笑容及整齐的牙齿能使你自信倍增。惟一要慎重的是，请一定要去正规的大医院接受整型手术。

简易洁牙Tip

◎ 当你必须在家以外的地方熬夜工作，当然也包括通宵打牌或流连夜店，或者是搭长途飞机旅行，你都会面临刷牙不方便的问题。私人的杯子、牙刷和牙膏不太可能任何时候都随身携带，也不是每个地方都有盥洗的条件。所以，我要向你们推荐一个非常好用的秘密武器——棉花棒。小小的棉签十分方便携带，用法也很简单。当你熬过夜之后，用舌头就可以感受到牙齿表面涩涩的，这时你用棉签逐个地擦拭牙齿表面。擦完后感觉立刻不一样了，牙齿马上恢复光滑舒适的感觉，像被刷过一样。如果你不嫌麻烦，这个方法即使在家也可以在开始用牙刷刷牙之前先做一遍，让牙齿干净得更彻底。

向路边的小花学习优雅

纽约曼哈顿街角的咖啡厅，当时我看到一串花在墙角，让我觉得像是一群女人在争奇斗艳，在展现她们独特的魅力

瑞士的路边——当我在看到这朵花的时候，我就想到了要用花来形容女人的优雅　　纽约路边

如果就像花一样，在大环境中，自己优雅的绽放，就像女人拥有了自己的个性和魅力

日本路边

巴黎路边

小花——向路边的小花学习优雅

我们不能迷信"优雅是女人一生的事业"这句话，事业是需要经营的，而优雅则是一种自然得像花儿一样的气质。

有没有坐在车里瞥见过路边的小花？如果你曾因为那场景而感动，不要嘲笑自己多愁善感，因为它们值得。它们美丽得低调，却自然得骄傲，这份美丽和自然，让它们那样随意地动人着，优雅着。

想要得到路边小花式的优雅，首先要调整自己的心态，这个心态的名字叫做："从容"。没有什么事是不能从容面对的，就拿造型这件事来说，不要紧张自己穿什么衣服或化什么妆，不要在意别人是不是喜欢自己的样子，只要做自己，表现出自信，就成功了一半。

优雅也是女人能傲视男人的优越资本。有女人味的女人是一种公认

洛杉矶路边的小花——有时花朵是陪衬的装饰，但也可以是最大的亮点

的传统的优雅，但即使这个女人是走中性路线的，也不失帅气的优雅魅力——至少比娘娘腔的男人更容易令人倾倒。因为，女性的柔美与生俱来，浑然天成，即使女人穿上男装，化上线条明朗的中性妆，圆滑的身体线条依然难以遮掩，让人心生爱怜。

具有中性性格或偏爱中性打扮的女人们，不要因为受"女人味"的鼓吹影响而质疑和压抑自己。那是你的性格，它来自成长环境和所受的教育，如果你坦然忠于自己的内心，你就是美丽的，你表现出来的就是优雅的。

还有吸烟这件事，女性吸烟刚刚被国人接受不太久，至今仍有一部分人认为吸烟除了不健康之外，也破坏了女性天真温柔的形象。吸烟本身是没有性别之分的，女人让吸烟这件事有了不同于男人的风情——烟草在纤纤玉指间穿过，在鲜艳红唇里吞吐，你怎么能说这样的画面不优雅？无论对于男人还是女人，我都不鼓励吸烟，我只是在说，如果你是一个吸烟的女人，你要做的不是假装淳朴，而是让它自然地变成优雅的。

我们也不能抛弃"优雅是女人一生的事业"这句话。因为优雅是有要求的，你要尊重自己的"自然"，也要要求自己摒弃一些最基本的优雅"大敌"。

大敌一：抖腿。

"男抖穷，女抖贱"这是民间对抖腿蔑视的俗语，不能拿来当作一个理论。但至少证明在主流的价值观里，女人抖腿是不被大众审美所接受的。抛开传统观念，在现代社会心理学观点看来，抖腿表现了漫不经心和过度放松，是被视做不礼貌的。从造型角度来讲，抖腿的破坏力也很大，在一般情况下，抖动都不会为造型加分，反而会让你的造型失色。

大敌二：嚼口香糖。

嚼口香糖是一件私人的事，不适合在优雅的场合进行。或者说，嚼口香糖是一件自我休闲，要和其他社交活动错开，你不能边嚼口香糖边接电话，或边嚼口香糖边和合作对象谈公事，边嚼口香糖边逛街也许可

烟草在纤纤玉指间穿过，两个女人的谈天说笑，女人的魅力优雅自然流露

女人如果打扮优雅有品位就像路边的小花，任谁都会看她一眼

以，但至少不是在高级购物场所或精品店。你可以一个人在路边或舞厅嚼口香糖，但那一定是在你不需要别人注意你的时候。

大敌三：说话不控制音量。

如果你在纵声大喊或大笑，就别指望周围的人会把你和"优雅"联想到一起了。高分贝会吸引人注意，但也会破坏别人的愉悦，那种不舒服感不是优雅的女人所应该制造的。

大敌四：不端庄的站姿或坐姿。

以男人的立场来看，站姿或坐姿不良的女人，即使穿着十分得体，妆容十分完美，她也不可能再吸引我多看一眼了，再看下去，我可能会忍不住要去把她姿势摆正的欲望。有一次我在美国参加一个活动，帕丽丝·希尔顿（**Paris Hilton**）当天也被邀请出席，以她的知名度，自然是全场的焦点。她当时穿得很美，算得上盛装出席，妆面也很漂亮。我过去和她聊天，发现她竟然叉着腿坐在那里，所有人都很惊讶：帕丽丝·希尔顿（**Paris Hilton**）怎么了？她要以这种形式哗众取宠吗？很可惜，这样怎么可能取到"宠"？大家只能暗暗叹息一声，甚至报以一个惋惜的眼神。

3

自我与美

selfhood & aesthetic feeling

在我家的巷口有十多间TATTOO店，后面就是帮我刺小熊图案的店

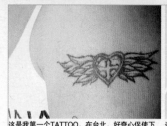

这是我第一个TATTOO，在台北，好奇心促使下去刺的

这是我人生第二个大笑话，在北京又去算了命，才知道自己命中是缺火不缺水，于是马上补了一个火上去，所以在我身上就是我最好的日记记录

这是我最喜欢的一个刺青，也是朋友们最爱的一个 TATTOO

TATTOO——把美丽铭刻在身上

　　TATTOO的中文意思就是纹身，它是一门久远古老的艺术，也许你想不到，纹身这么前卫的事情竟然已经存在了2000多年。金字塔里存放超过4000年的木乃伊，男女贵族身上均刻有明显的纹身杰作。古早时期的纹身都是宗教仪式的需要，而且大多实施在女人身上。

　　纹身的方法也历经了不断更新的发展，最早是毛利人流传下来的，用鲨鱼牙齿或动物骨刺捆上木棒蘸上墨水，用小锤敲击入肤；后来发展为用数根针绑在一起捆在木棒上，手工点刺入肤；现代则是用电机带动针刺入皮肤，此种方法是当今纹身师常用的方法。现代人对纹身的理解又是包罗万象，极具个性化的。这种有稍微痛楚的永久性图案将伴随人的一生，也正因为这种身体语言独有的纪念性、激励性和解脱性，这种铭刻的造型艺术让每个人对它的理解和接受程度不尽相同。

　　以前有黑社会背景的人喜欢纹身，也喜欢炫耀纹身，以纹身为进入黑社会的标志，大多是因为纹身象征了自己的叛逆和对疼痛的忍受能力。其实，纹身并不会很疼，这主要取决于个人对疼痛的敏感度和纹刺的部位、图案的大小等。

　　在欧美国家及日本，纹身已经是一种很时尚的艺术，大部分年轻人及军人身上都会有各式各样的纹身。现在喜欢纹身的人大部分是追求时尚，标榜个性的年青人，其实用纹身遮盖疤痕或胎记是非常实用的办法，恰到好处的设计图案，既好看又时尚。

在我看来，现代人的**TATTOO**主要有两个目的，一个当然是为了表现潮流前卫，另一个则是为了纪念自己的生活或思想轨迹。从造型角度来讲，纹身的颜色、图案、大小、位置都能为你的形象加分或减分，虽然是为了彰显个性，但也有大致普遍的原则可以遵循。

对于女生来说，**TATTOO**千万不要贪大，小小的一个图案在衣服的或遮或露中若隐若现，自然而坚定又散发着性感的魅力。适合女生的图案有花卉、字母等，你可以选择将它们纹在脖子的正后方、肩膀下方、后背肩胛、胸前锁骨、肚脐旁边，还有脚踝处。这些位置都是最适合女生去表达铭刻进皮肉的彩绘图案的所在，而对于男生限制则不是很大，面积可以偏大，图案也可以选择火、利器、汉字或另类图腾等。不过。**TATTOO**除了上面提到的两个主要目的，其实还有很多你想不到的功用——

刻进我生命里的TATTOO

我本人是九处**TATTOO**图案的主人，最后一处还在计划中，此时尚未纹到我的身上。这些图案是历经很多年陆续纹上去的。有人说纹身会上瘾，这个说法要亲身体验才会知道，正是如此。当你有了第一处、第二处、第三处纹身图案之后，你会强烈地感觉到一种不满足、不完美感，你的身体变成了一份考卷，上面有等你去做好的填充题。你会时常对着镜子设计自己的身体：这个地方好像应该放个什么图案，那个地方应该纹个什么东西……我的**TATTOO**每个都代表了我的生活轨迹，而且每个图案发挥出的作用都不同，各具代表性，说不定对你也有启发！

第一处**TATTOO**是为了满足好奇和刺激。当时在台北，**TATTOO**是非常前卫的事物，正因为它的前卫，我的好奇心被它强烈地控制住了，怀着紧张忐忑的心情在左肩头刺下了一个带一对翅膀的心脏。我的第一**TATTOO**就这样首度烙在了我的身上。

第二处**TATTOO**是我心情的点睛之笔。那时我在美国做"移民监"，整个人被禁锢在一个陌生的环境里，工作状况一般，日子过得不算快乐。但我住在纽约的"下东城"，那里聚集了很多嬉皮士和艺术家，我的周围街区的路人，住所邻居，很多人身上都会有**TATTOO**。我家附近有十几家**TATTOO**店。受这样的环境影响，我带着为自己不快乐的心情寻找一点突破的目的走进了**TATTOO**店。那是一只滑着滑板的小熊，纹刻的位置是脖子后面，过程有点疼痛，但结果令人开心。小熊实在太可爱了，我的目的达到了，我真的在那时感觉到了快乐，我想把这个可爱的小家伙展示给我所有的朋友看。

第三处**TATTOO**是为了纪念我到美国后终于为自己确定了英文名字。起英文名字的灵感好难得到，当我终于以"从零开始"为含义为自己取了**LING**这个名字，并且它和我的中文名字"梅林"的发音又巧妙地接近时，我为自己叫绝，于是又在脚踝的地方刻下了这样的**TATTOO**：两只小鸟拉着我的英文名字拼写的字母图案。

第四处**TATTOO**是为了补偿自己生命的缺失。这句话听起来不太容易理解，你怎么也想不到**TATTOO**怎样才能用来弥补生命的缺失。有一次我走在纽约**China Town**的大街上，那里有很多中国人是做看相算命这个行当的，那天我被一个算命人拉住了。这是我们的缘分，起初我没有当真，认为他不过是在拉生意。但最终我留下来和他聊天，因为那一瞬间我觉得他是可以信任的，算命人说我命中缺水。我灵机一动，跑到**TATTOO**店去把整个左臂全部纹上了水花和鱼儿。大片的图案占满了我整个左臂，我安心了：这下我命中不缺水了！

臀窝的区域是女人最佳的 TATTOO位置，既迷人又时尚

第五处**TATTOO**也是为了纪念。当我结束了移民监终于拿到美国公民身份的时候，我百感交集，只为了完成这么一次生活的变迁，我放弃了熟悉的环境、熟悉的朋友和工作来到美国，终于入籍了。当我领到护照之后，就去把护照的条形码和一切值得纪念的相关日期**TATTOO**在右臂上，它很漂亮，条形码这个图案在当时也很前卫，又具有如此重要的纪念意义，是至今我和我的朋友最喜爱的一个**TATTOO**。

第六处**TATTOO**是一句座右铭。它其实是我的"腿右铭"——是一句日本格言被刺到了我的右腿上。我在纽约的发廊工作时，店里只有两个亚洲人。一个是我，另一个是我的好朋友**YOSH**。我们能成为朋友，

这个是我人生最大的一个笑话，
一个日本同事，错拼字句，造就
了我一生中的错误

这是我第二个刺青，可爱的小熊滑滑板

从小到现在，不会分左右边，常常搞错位置，借此TATTOO让自己能分辨左右边

同样是命中缺水，刺了一个小海豚跳水在脖子上

刺青师傅的基本功非常重要，字和图案才能精细和生动

很早以前就算过命，知道自己的命中缺水，在美国居住时，突然有个奇妙的想法将水纹刻在自己的左手上，感觉生命中就不再缺水了

在北京找到了一位久仰大名的TATTOO师傅，于是将自己命中缺水的水又设计在自己的右手臂上，加了我最喜欢的剑兰花朵

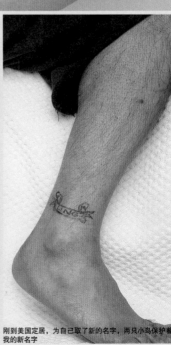

刚到美国定居，为自己取了新的名字，两只小鸟保护着我的新名字

大概也是出于我们都是亚洲人的接近感，比较谈得来。在某个无聊的下午，我问YOSH，你们日本有没有什么可以励志的名言警句？YOSH想了一下，帮我写下了一句日文，它的意思是"当你碰到风雨的时候，不要害怕，勇往直前！"。这句话对当时身在纽约独自工作的我来说，像兴奋剂一样令我振奋，我把这句日文拿到TATTOO店，让他们一字一字地照着那句日文刺在了我的腿上。但是刺好之后，每个看到它的日本人或是懂日文的人，他们的反应都是怪怪的，经我仔细追问，原来，这句日本谚语的意思是对的，但这里面竟然有错别字！我很生气的去找YOSH问罪：这可是在我身体上面的TATTOO啊，要跟着我一辈子，你竟然拼错！这时我才知道，原来YOSH虽然是个日本人，但他是在美国土生土长的，对日文的程度根本就是"外国人"水平。现在，我已不介意这个失误，它让这个TATTOO记忆了一个有趣的小故事。

第七处TATTOO是路标。我是个从小就不会分左右方向的人，搭计程车总是被骂指错路转错方向。我想到了TATTOO的实用性，在左腕

我有位可爱的导演朋友，将左右脚各刻一个囍字，非常有创意，形成有趣的图案

上方刺下了"左**LEFT**"，右边同样的位置当然是"右**RIGHT**"……后来，我指的左边就一定是左边，右边也肯定是右边，没有再出过错。

第八处**TATTO**是另一次生活变迁的纪念。两年前，我选择来中国内地发展，这对我来说又是一次全新的改变，我再次想把这件事反应到**TATTOO**上，精心设计了图案——要说的是，**TATTOO**的事先设计以及美术功底决定了**TATTOO**的美感，这非常重要。这个图案仍以水为主，是大片的水纹和花卉组合，刺在左上臂以及肩头。

第九处**TATTOO**又是拜命相大师所赐。**2007**年的夏天，我再次遇到了有缘的算命人，他说我命中缺火，我已经刺了很多水在身上，怎么办？所以一大簇火焰的图案又填满了我的右臂肩头。

第十处**TATTOO**是为了安慰思念至亲之情。我从小是被姑妈带大的，她已经去世，我非常想念她，常常梦到她，所以我的下一个**TATTOO**会把姑妈的样子刺在我的身体上。说到亲人，有人问我会不会**TATTOO**爱人的名字，我想我不会。如果分手了，对方的名字却要在你的身上跟着你一辈子，多么难受的一件事啊！

有了这么多的**TATTOO**在身上，除了做"填充题"的乐趣，还有一个乐趣是特别有意义的。那就是，因为太多的**TATTOO**图案在身上，我不但不得不把全部的项链、手环、手表之类的饰品全部拿掉，连衣服也只选最简约，最纯粹的。自从有了这些**TATTOO**，我已经穿了4年半的白T恤牛仔裤！要知道我很爱买衣服和首饰这些东西，**TATTOO**丰富了我的皮肤，也丰富了我的造型，我不必再去更换衣服和饰品，不但节约了金钱，而且整个人变得利落起来，变得更男人了——这算是我给你们的第九个启发吧。

纹身tips

◎ 要注意纹身店的器械设备是否干净。纹身可称得上是一场小手术，所以器械的干净与否，十分关键。纹身操作人员应使用一次性手套、刺针，纹身机以不锈钢材质为宜。

◎ 要了解纹身色素的质量。现在的纹身一般不使用刺青所使用的染料和

图案的大小和位置是女人更应注意的环节，这是可以让美感加分和扣分的最大因素

墨水，而是使用经酒精浸泡的液体植物色素。由于植物色素是从天然植物中提取出来的，渗入皮肤时，比较不易受感染。

◎ 要注意自身的保护。在纹身时，要使用肾上腺素等清洗、止血。纹身完后，擦洗纹身需用温开水，要保持纹身部位在一个星期内干燥防水，否则会引起感染，而导致皮肤溃烂。

整体造型是非常粉润，清透淡雅的。没有过浓的妆和颜色。没有复杂的发型和头饰。呈现出青霞本色的完美和时尚的品位

照习俗新娘要丢出捧花和丝袜蒂。抢到的人马上会有爱人和结婚的幸运。我抢到时青霞和我都惊讶高兴。当时大家都以为是我们俩作弊

简单大方、时尚年轻是现在追求的新流行目标了。没有太重的化妆，复杂发型，过多的首饰。照样能显出快乐喜气和时尚的色妆容

简单的发型，简单的头饰，非常飘逸的头纱，这样优雅的造型永远不会因时间而褪色

新娘——做新娘就是做自己

　　每个女孩都会做一个婚纱新娘的梦，而每位成熟的太太也都会有一个盛妆婚礼的美丽回忆。在我亲手打造的无数名流、艺人或普通女孩的新娘造型中，最令我难忘的有三个婚礼。这三场婚礼中，主角身份不同，举办地点不同，与我的关系也不同，但相同的是，她们嫁给了自己爱的人，她们希望在人生最重要的这一天，不但把美展现给自己的爱人，也在自己的历史上为人生留下纪念——做新娘，做自己。

林青霞——盛大婚礼中的本色造型

　　在做林青霞的婚礼造型之前，我已经与她合作过金马奖的颁奖造型和几次其他的活动，但婚礼实在比以前的任何一种场合都更引人注目。就算再不起眼的新娘，都会是婚礼的女主角，更何况她是亚洲天后，全世界形形色色的明星名流、影迷观众，甚至我们业内的摄影师和造型师，都在瞩目和期待这场婚礼，甚至忍不住好奇和想像林青霞的新娘造型。所以，我和她本人对造型都非常有压力，因为，我们简直是在给全世界一个交代。

　　这次婚礼，按原计划是一次秘密婚礼，青霞计划等婚礼结束后才向媒体公布。可是，无奈结婚的两位男女主角都是大名人，这个秘密无论如何保不住，早在一个月前，港台媒体便已经得悉，准备了精兵强将分别追踪两人，得知了婚礼的确切日期。婚礼当天，有关媒体还特别租用了一架直升机，在婚礼举行地点的上空鸟瞰采访，此举还创下了美国中文媒体首度出动直升机采访的纪录。当天晚上，全世界有30多家电视台报道了他们结婚的消息以及婚礼部分画面。

婚礼前，我们反复试妆，一味走隆重路线，我们两人都很累。有一天，我忽然像得到线索的侦探一样，凝重而欣喜地对她说：我们不应该这样，这是你的婚礼，你要献给爱人的美丽应该是最还原你本色的美丽。

我面对着游泳池中灌满的香槟酒，上万朵玫瑰装饰的华丽现场，她美丽手指上闪闪发亮的大颗钻戒——我依然坚持了之前的理念，用了很薄很薄的粉底，那时候还没有"裸妆"的概念，但现在想想，我实际上相当于给她做了一个裸妆，同时搭配一个跳脱的正红唇妆，这在当时是很大胆的。但是她不但认可了，而且非常喜欢。

青霞真的是名副其实的大美女，她的天生丽质允许我可以做很多大胆的尝试而不必担心搞砸造型。比如大红色的口红，我为青霞做过四次鲜红色的唇妆造型，其中有三次特别具有代表性。

第一次的时候，她不敢接受我的红唇建议，认为太过夸张了。我则根据当天她要参加的活动场合向她说明了妆容理念，那一次需要她时尚简约，深红色的口红刚好能提亮简约的美，让整个造型立体起来足以压得住台面。

第二次是金马奖的颁奖造型，她当天穿了一套黑色的礼服，红唇让她能在庄重之上，再加上隆重的感觉。要领很简单，唇妆鲜红后，眼妆则要淡下来。

第三次则是她的婚礼了，我同样遵循了嘴浓眼淡的原则，只是这一次，红唇一定不能刺眼，因为新娘需要让亲爱的人觉得亲切，既要美丽出挑，又要富于生活化的美感。

发型方面，我没有用太多的发胶和发夹，只是让头发跟随它原来的卷度，盘一个简单大气的发髻儿。因为婚礼造型要配合婚礼的流程，我知道她最后一套的深蓝色的**Giorgio Armani**礼服，需要她能迅速地把头发放下来，改变成配合送客服的造型，而且那时候整个婚礼接近尾声，更需要给人舒服放松的感觉。

化好妆就可以设计发型了

试衣是非常重要的。同时也决定了当时要梳的发型，化妆，配戴的首饰

为tina整理妆容

为Angela画上淡妆。梳上干净利落的发型。不会因过度的妆份后失去了自己本质和容貌

室内装潢古典优雅，所以特别在礼服上设计简单，妆容优雅，突显出tina本人的优雅品味

是的，不管她是当时芳冠亚洲的天后也好，婚礼是属于她和爱人的典礼，造型也应该最符合主角们的需要。甚至可以说，她本人已经是最瞩目的了，不需要再靠造型来制造焦点气氛，那样反而抢了风头，掩盖了她原本的绝色风华。我不得不承认，林青霞的婚礼让我的知名度又得到了一次提升。

简单中永远透着优雅的高品位。本身的美丽加上礼服的精致手工宝石。以不需多余首饰来突现造型上的华丽

改换了唇色。头发全放下换上这件Gioegio Armani的礼服用餐敬酒，送客，非常简单舒适大方

简单快速改了红唇。换了礼服和首饰又一次呈现了绝代风华

Tina——名流婚礼的全方位造型

Tina属于美国上层社会的华裔名流，她家族经营酒店和报纸媒体，她是一个年轻美丽的家族继承人。她婚礼的受重视程度可想而知——其实任何人都会重视自己的婚礼。请不要误以为造型师只负责妆容服饰的部分，其他事情可以不去过问，好的新娘造型师，是会参与婚礼的全程策划的。我想要说的是，当你想做好一个造型的时候，事先的准备、思考和计划是必须的。

我们从场地挑选到礼服设计，从婚纱质地到新娘捧花，每一环节都精心操办。最后我们放弃了四季酒店和**Donald Trump the Plaza Hotel**（可惜现在已经拆掉，改为私人公寓），选择了一个叫做"**METROPOLITAN CLUB**"的高级私人俱乐部。这个场地非常大，是复古怀旧的情调，木质转角扶梯铺着厚绒地毯，咖啡色沙发昏暗低调却不失奢华，水晶吊灯让华丽气派举头可见。

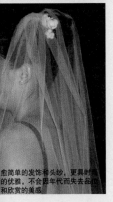

愈简单的发饰和头纱，更具时尚的优雅，不会因年代而失去品位和欣赏的美感

　　了解婚礼现场的风格，能让你更清楚造型的选择。事先了解场地是必要的"准备"。

　　在这样一个环境里，我亲自为Tina选择面料并进行新娘礼服设计，25层5厘米长的象牙白细纱和法国立体蕾丝，搭配600厘米长的新娘头纱，露背的设计展现出她20几岁年轻肌肤的光泽，让她整个人像一只美好的白鸽一样。——没有"思考"，就不会有繁复优雅的细节。

　　捧花是由香槟玫瑰配长沙巴叶，玫瑰是我提前两天买的花苞，到婚礼那天，它刚好可以绽放出我最爱的弧度。——没有"计划"，就没有含苞半放的鲜花。

　　至于真正意义上的"妆容造型"，我不知道我算不算用了我的"小聪明"，因为我用我一直坚持的理论去说服了Tina：来参加婚礼的，大部分都是至亲的亲人，最好的朋友，最爱你的人，你为什么要用妆容来让自己变一个样子呢？你应该用最自然的你来展示你的美给他们看！她接受了我的想法，所以，这位名副其实的名门淑媛，在她一生最重要的时刻——当新娘的神圣庄严而又无上浪漫的时分，只被我用了10分钟就完成了脸部彩妆。

我可以告诉你们我在这**10**分钟里都做了些什么：**Tina**天生皮肤状况极佳，我几乎没打粉底，用接近她肤色的自然蜜粉刷了全脸，眼妆用了一点粉绿眼影在她的一双单眼皮上，然后粘好假睫毛来增加眼部的立体感，最后用些桃色的唇膏。不要说我不敬业，只用**10**分钟就做完了全部——留出**20**分钟做发型自然是必不可少的。而且，我为了这位好朋友在她"大日子"里的全方位完美形象，前前后后可花了不止**1000**分钟！

Angela——普通女孩的时尚婚礼

与明星和名流比起来，**Angela**只能算是个"普通"女孩了。只是，在我眼里，她一点也不普通，她是我最挚爱的侄女，生活在纽约。**Angela**结婚的时候，我已经来内地开展我的造型事业了，虽然这边的工作极为忙碌，但我坚持飞回纽约为我最疼爱的宝贝侄女做婚礼造型。

Angela的身份没什么特殊，惟一特殊的一点，就是我爱她。她是做室内设计的，对美感有着自己的品位和见解，她的朋友圈子自然也都有很多搞设计工作的，因此她的新娘造型，需要接受具有较高审美素养的人群的认同。

婚礼之前，我带她到纽约**Madison** 大道的**Vera Wang**的总店去选礼服。在这里要说一下，我的侄女**Angela**和我们都知道的台湾艺人张清芳的婚礼造型都是我做的，她们两个有很多相似之处。首先她们两个都是娇小型身材；然后她们两个都接受我的建议，放弃了大蓬圆裙，选择了简单利落而富有现代感的款式，**Angela**的这件肩带和腰带都是黑色的，为了呈现出新娘礼服的实穿性和时装性；而且，**Angela**和张清芳同样都接受了我的建议，在婚礼后把礼服的裙摆剪

为Angela设计的高雅、华丽而纯白纱礼服

轻薄的妆色，简单的整体造型，使新娘简约时尚，恰似阳光

短成七八分长，隆重的新娘礼服就变身成为一件平时参加宴会PARTY时候可以穿着的小晚礼服了。

婚礼当天的中午，新娘新郎双方家长在**Gramercy Park Hotel**喝中国式的下午茶进行互赠礼物的见面仪式——顺便八卦一下，好莱坞巨星**Julia Rorberts**就住在附近。而结婚典礼则在纽约著名的中央公园**Central Park Boat House**举行。那是一个半露天的玻璃花房，是一个充满阳光的所在。

Angela平时喜欢游泳和打球，因此皮肤是健康的略微发红的小麦色。我又"故伎重施"劝她"本色演出"："你的肤色这么健康，如果要追你的肤色，很难找到和你皮肤颜色搭调的粉底色号，如果要改肤色，我们有什么必要用粉底去掩盖它的健康呢？"因此，即使不是白皙的肌肤，我同样没有使用粉底，选择了**MAC**的古铜金色腮红，它透着阳光的味道，让**Angela**看起来更亮采更红润。然后我用了粗密的假睫毛和**Shiseido**透明亮唇彩。然后我把她的头发修出层次，扎一个高马尾，尾端用大卷子做一个特殊处理，就做成了一个适合婚礼的高调马尾了。

这个普通女孩的婚礼历经了从头到脚，由内至外的重重打造，变得年轻时尚。重要的是，越是"普通"越要在婚礼中找到自己，我为**Angela**做到了，她也体现了她所注重的品位。

配 饰

adornment

巴黎–Depot vente de la muette 二手店外面

纽约上州COLD SPRING二手店　　　日本原宿的二手店　　　纽约Nolita prince st.INA二手衣店

Second hand——给二手衣一个机会

从朱莉亚·罗伯茨参加**2001**年奥斯卡颁奖时穿了一件**1982**年**VALETINO**的晚装开始，到**2002**年女演员妮可·基德曼出席法国戛纳影展时穿的一件中国**20**世纪**30**年代的旗袍（**GUCCI**在近代重新制作的），人们突然意识到，旧衣服可以让人们巧妙地避开撞衫。二手衣由于款式少，而且往往带有那个年代特别的味道，这对追求与众不同的明星来说，是非常具有吸引力的。另外，二手衣并不因为它是二手而失去它原有的素质——质地上乘、做工考究，只要搭配得体，就可以穿出独特的风格，尽可以满足追求时髦的人们表现自我的渴望。而且它的价钱并不昂贵。因此，被遗忘在角落里的旧衣服以**Second Hand**的姿态回到了时尚的舞台上。

Second Hand除了容易解决撞衫的问题，还有一定的环保作用。我的一个艺人朋友，有一次清晨醒来，打开衣橱挑选当天的穿着，数到第**5**件的时候，他有点受到惊吓：仅这几件衣服就已经花掉**100**多万了！

我也曾经有过类似的苦恼。由于职业的关系我被奢侈品包围着。曾经有很长一段时间，我所有的物品都是大品牌。穿上价值上万的鞋子那样的感觉真的很满足很有成就感。渐渐的问题来了，我的大品牌物品堆积如山，我的衣橱仿佛成了百货商场的柜台。每次出席各种活动，我仍然要在衣着上花费心思。不能重复，不能撞衫，不能过季，不能……

花昂贵的钱买来的物品，带给我的满足感只有一次，这一次过后，

Sex and City《欲望都市》将此店炒红。纽约 Nolita prince st.INA二手衣店

它就会被我束之高阁。无数次以后，我感到大品牌已经不能给我带来快乐放松的感受了，更多的是无谓的浪费。我的明星朋友们，和我同样面临着这样的苦恼，那么多贵重的东西，怎么处理呢？

每到这个时候就很向往国外的二手店。经过几十年大品牌的洗礼后，二手店蓬蓬勃勃的生意使他们毫不逊色地与品牌店抗衡。没有一个明星，会愚蠢到不断重复自己的形象，哪怕一次也不能容忍，所以只穿戴过一次的大品牌服饰便源源不断地向二手店流去。

不是所有的旧衣都能够荣登时尚二手衣的穿搭排行，只有那些出自时尚大师之手，那些颇具代表性的款式、衣料，且保养得当，因其稀缺，才能跨入经典之列。我理解的经典，就是生命力持久的衣服，它们不是纯为迎合当季时尚而设计，它体现的是一种成熟的、历时不变的经典魅力。比如**LEVIS**最著名的**501**牛仔裤，因为具有符号般的意义，所以会被二手店当作古董来收藏。精细的做工，流畅的线条，引人无限想像二手衣当年的风华，每当我穿起这样的衣服，心里总会被突如其来的惊喜占满，怎么能与如此富有韵味的衣服失之交臂呢？这样的快乐似乎是久违的了。

好莱坞的明星们，早已不愿成为名牌的奴隶，像朱丽亚·罗伯茨（**Julia Roberts**）、朱丽安·摩尔（**Julianne Moore**）这样的大明星，也都是二手店的常客。从衣服、皮包，到鞋子、家具、钟表、古董、灯具、布艺，古意盎然的二手货不仅给明星们带来淘宝的乐趣，也给当今的设计师在突破壁垒的过程中提供了灵感。从流金岁月中汲取，挟裹着若隐若现的记忆的痕迹，轻巧地与现代风格牵手，呈现出来的，是耳目一新的感觉。我在纽约的**JOHN MASTERS**工作的时候，曾经和我的客人朱丽安·摩尔（**Julianne Moore**），聊到了二手店的话题，她竟然热烈地和我讨论起来，原来她也是个二手迷，在英国、法国等世界各地淘遍二手店。

我在纽约住的时候，有一家二手店非常火爆，因为电视剧《欲望都市》（**Sex and City**）里提到了这家店，随着《欲望都市》热播，这家店也开始在每天下班后的黄金时间里保持**30～40**人排队的盛况！值得一提的是，这家二手店的老板个性非常酷，他制定的游戏规则虽然严苛，却让你有玩下去的兴趣。

二手名店内整齐有序的物品陈列

首先，不是所有的东西他都收的，他要用他的眼光进行挑选，如果不是世界级的名牌或具有一定的历史纪念意义，他都不会收。至于有破洞污渍的更加不予考虑。

其次，他的定价规则很繁复，以一件原价**5000**元的东西为例，他看过之后会估计这个东西应该定为**600**元卖会有市

店 内 琳 被 陶 顶 级 二 手 货 品

二 手 店 中 货 品 很 丰 富

在 我 家 港 口 中 有 多 家 各 式 精 致 的 二 手 店， 第 七 大 道 18 街 的 二 手 名 店 也 会 有 打 折 季 的 时 候

日 本 青 山 —— 在 这 里 可 以 找 到 最 多 美 国 20 世 纪 60 年 代 的 东 西

纽 约 二 手 店 橱 窗

英 国 二 手 店 橱 窗

场，如果一个月内卖出了，那么他和二手货的原主人各拿**300**元。如果这件东西一个月后仍未卖出，第二个月就会打八折，变成**480**元，如果卖出，仍旧五五分成，各拿**240**元。这件东西如果到第三个月，就会降至五折，价格就是**300**元，卖出后他和货主每人**150**元。最妙的是，如果三个月后仍未卖出，这件东西就会根据它本身的特点被捐赠到慈善机构，具体被捐到了什么机构，哪个国家，他都会给货主出具详细的清单证明。

最后，他和货主之间的交易是绝对两厢情愿的，如果你认为他出的价格不合理，那么可以把东西收回去。一旦你接受了条件将东西寄卖在他这里，那么你可以随时上网或到店里巡查你的货品的卖出情况，而店里也会定期通知你货物进行到哪个步骤了，现值多少价钱了，诚信至上，绝不会对你有所隐瞒。

我曾经多次和这家店有过交易，我的想法和我的收获应该很有代表性：把用不到的高级货送到他们店，首先可以节约我的衣橱空间，让我对我现有用得到的东西有空间收纳整理；其次我可以把这些不用的东西变成现金，对我自己是一个节约，也给了别人低价利用这件东西的机会，是很环保的流通手段；然后就算这件东西没有卖出，那么它们被捐赠出去了，当我收到通知说我的东西被捐去了红十字会或被送去非洲帮助别人了，那我就会很有成就感；最后，我会享受二手流通游戏的快乐，只要你去做了，无论结果怎样，你都会得到不同快感。

但是很多的东方人对二手货尤其二手衣接受起来还是有难度的。他们会有这样那样的考虑：如果衣服的主人已经过世了会很不吉利；上面会不会有病菌？新衣服还穿不过来难道还穿旧的？我想这还是对二手店不了解造成的。在正规的二手店，都有着严格的卫生要求。高档的二手衣店更会仔细清洗所有的商品，消毒翻新，在摆上货架之前，处理掉所有不和谐的因素，最大限度地避免了负面效果。这些心理障碍的消除，还要假以时日和适当的机会。

比如我曾经试图劝说歌手张清芳接受**Second Hand**："二手店里有

不少好东西呢，你不妨尝试一下，感觉非常好。"起初，她对此不以为然。我坚持送了她两套二手礼服，她出于礼貌并没有拒绝，但是看上去兴趣不大。但是有一次，有一个要求复古穿着的派对邀请她参加，时间很紧迫，没有时间去找或定做，她想起了我送她的衣服，于是穿上了这件二手衣去出席活动。当天晚上，她赢得了一片惊艳的赞叹，如潮般的好评使她一转对二手衣的抵触态度。从那以后，阿芳慢慢地接受并且喜欢二手店，后来发展成经常光顾二手店，我看着她的着装品位在不断地成长，正品和二手货巧妙地搭配起来。

事实说明，麻雀变凤凰不一定非要付出多大的金钱投入，二手货同样也可以修炼出优质美人！——给Second Hand一个机会，它们会还你一个奇迹。

纽约第七大道18街非常有名的高级二手店

钻石都「三高」

Lanvin推出一系列钻石饰品，假钻本身的切割和光泽是必要的

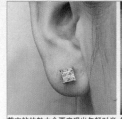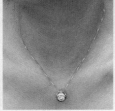

戴方钻的魅力会更突现出年轻时尚的贵气　钻石的魅力无穷，也是所有人以它为中心来设计，即使是假钻，钻石的颜色光泽金属做工都是一定要考虑到的，这样才能算是一个好的首饰　这款钻石项链是历久不衰的经典之作，它迷人之处就在于简约中透出贵气时尚，任何场合都能赢得任何人的目光　在纽约拍摄化妆品广告时为模特配戴的钻石项链。营造出高贵典雅的气质

钻石——真假钻石都"三高"

高调——与珍珠的内敛和含蓄比起来，钻石是那样的锋芒毕露，那样老实不客气的耀武扬威：我最闪亮！

高贵——钻石是集最高硬度和最强折射率于一体的宝石，任何宝石都无可比拟。

高品位——钻石本身的高价值使得钻石的加工和设计直接进入高端，只有最优秀的技术和最高的审美才能配得起钻石未来的主人们。

不论是千金小姐还是名门贵妇，艺人明星还是公司白领，如果在珍珠、宝石、钻石中只能选一样，她们一定都会毫不犹豫地选择钻石。锋芒毕露的人常常能给别人带来压迫感，但锋芒毕露的石头却能因为它对奢华闪耀的直接表达而吸引了最多的拥护者。这是因为，当钻石被琢磨成几十个小面后，射入钻石的自然光，在折射过程中被分散成单色光，呈现光辉灿烂和晶莹似火的光学效应。张爱玲的《色·戒》被李安导演拍成电影后，更多的人对钻戒投以关注的目光，而那颗"有价无市"的钻石，不也正因为它是一颗钻石，才堂而皇之地介入到政治与情色这个大漩涡中扮演了具有决定性的角色。

钻石自然也有等级之分，专业的分级标准非常庞杂，我们普通人根本无法想像，但我认为，有一种分级方式我们每个人都会感兴趣，那就是两级：真钻石和假钻石。

所谓"假钻石"的意思当然不是仿冒骗人，而是时下流行的人工水晶钻石。现在大部分经营珠宝的商户都会为你提供这样的咨询——如果你不想或没能力购买昂贵的真钻石的话。最常见的有"玻璃钻"、"苏联钻"、"韩国手工钻"等，它们从本身显示出来的色泽和之后的切工，从非专业的角度来看——几可乱真。

如果你的钻石只是扮美道具，如果你只是以一个非专业珠宝人士的身份去到一群非专业珠宝人士中间**social**，如果你没有太多的钱……那么，你为什么不选择一颗人工钻石呢？当然，我是一个造型师，我只是在从造型的角度来讲这件事，如果你有拥有真钻石的目的和必要，我当然也不反对。而且，我的建议是，即使是"假钻石"也要假得完美，即使是选择假钻石，也需要精致独到的眼光。我常去国外两家卖人工钻石造型时尚的首饰店——也就是仿制钻石很有口碑的商店。有一家在纽约第五大道**55**街。另有一家在巴黎，它的店内摆设、灯光都会让你觉得里

面的"假钻石"价值连城，并且货品也"假"得完美，很多大明星和大富翁都经常去光顾。有的时候，有一些人，选择"假"钻反而是摒弃了虚荣的表现，只保存了对美的追求。戴假钻出门负担很小，不必动用保镖也不会特别担心万一丢了多心疼，更有可能在遇到危险的时候不会因为"匹夫无罪，怀璧其罪"而招致坏人的歹念——反正你可以轻易放弃它。

这家位于纽约第五大道55街的手饰店是我的最爱，高级奢华，做工精细

位于巴黎1区的仿古高级珠宝首饰店

钻石有大有小，有一颗独秀的，也有成串的，有方型、圆型、三角型和泪型，它们本身在呈现的漂亮度上并无差别，却需要你的运用和搭配，带妆的时候，钻石的风格要搭配妆容的风格；不上妆的时候，钻石会为你的吸引力加分。不同的钻石不但需要选择你的妆容，需要选择你的服饰，而且需要选择你即将把它们戴往的目的地，甚至它们也在挑剔你即将要见的朋友是哪一位。

以职场形象示人的话，穿上白色衬衫和黑色西装，涂上淡红色的口红，拎一个红色的公文包，如果此时你的耳畔分别有两颗小方钻，它们就会让你变得柔美而活泼，散发出独特魅力的光芒。

如果你是一个经常喝下午茶的贵妇，穿着墨绿色的高领毛衣和裙子，拿着一只卡其色的皮质手袋……如果这时候你的手腕上有一串半克拉的镶钻手镯，那么这颗透明闪亮的石头就会代替你向所有人宣布你的细心，你的优雅，甚至你先生的呵护。

如果是参加**Party**就更不必说了，钻石的时尚，是那么不费吹灰之力的时尚；钻石的完美，是每个人都能接受的完美；如果你需要所有人的赞美，请戴上钻石出场。

我常在此店为我的艺人造型配搭饰品

假钻的魅力也是无可抵挡的

最简单的设计最能突显钻石的贵气

人造钻石和宝石，一样要注重光泽、切面和精细的做工

单颗钻石的耳环，各个场合都能带来无穷的魅力。即使是假钻，都要考虑到钻石本身的颜色和镶工，才会达到美丽典雅的效果

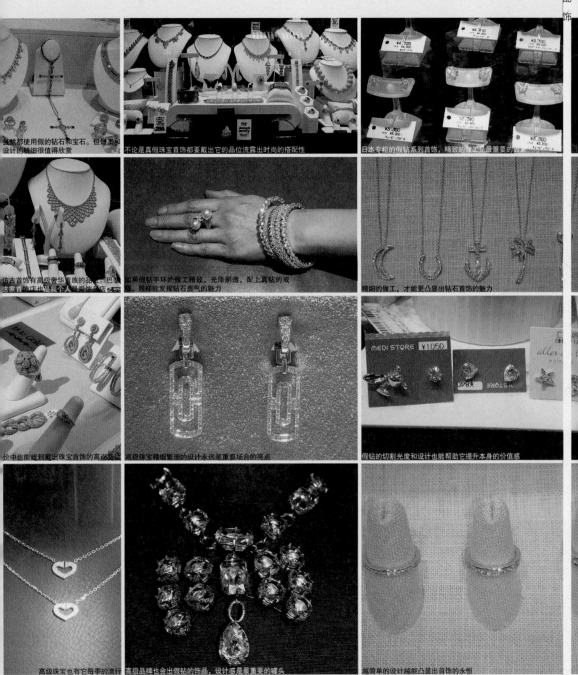

虽然都使用假的钻石和宝石。但做工和设计的精细很值得欣赏

不论是真假珠宝首饰都要戴出它的品位流露出时尚的搭配性

日本专柜的假钻系列首饰，精致的做工是最重要的因素

仿古首饰有高级奢华贵族的品位。巴黎这家首饰店也是我个人最爱饰品店之一

如果假钻手环的做工精致，光泽剔透，配上真钻的戒指，照样能发挥钻石贵气的魅力

精细的做工，才能更凸显出钻石首饰的魅力

价中也能找到戴出珠宝首饰的高尚趣味

高级珠宝精细繁琐的设计永远是重要场合的亮点

假钻的切割光度和设计也能帮助它提升本身的价值感

高级珠宝也有它每季的流行

高级品牌也会出假钻的饰品，设计感是最重要的噱头

越简单的设计越能凸显出首饰的永恒

发现

珍珠的美丽

找出不规则的珍珠，反传统的缎布装饰，使珍珠时尚流行品味达到最高点

配上了钻石又透出了珍珠的贵气　如此华丽的设计。更显出珍珠珍贵　多层次设计的珍珠仍然有它独特恬　简约的时尚品位
　　　　　　　　　　　　　　　　　的迷人价值　　　　　　　静的优雅

珍珠——发现珍珠的美丽

　　珍珠是一种神奇而美丽的珠宝，如此低调，把光芒都深深内敛起来，只有有缘的、聪明的人才能发现它潜在的巨大美感，才使它有了传奇的色彩。

　　湖海里的珠蚌们在开合蚌壳时，砂粒会进入到珠蚌的体内，珠蚌受到刺激就会分泌出一种含碳酸钙的化合物，这些碳酸钙层层包裹，经过三五年或者更长时间，才能形成宝贵的珍珠。

　　神话传说里对珍珠众说纷纭：罗马人认为，爱神维纳斯出生于贝壳中，当贝壳打开的时候，从她身上滴下来的露水就变成了一粒粒晶莹剔透的珍珠。文艺复兴时期，著名画家波堤切利在《维纳斯的诞生》一画中，将女神置于一扇巨大的贝叶之上，从水底缓缓而出，女神抖落的水珠形成粒粒珍珠，洁白无瑕，晶莹夺目。丹麦人将珍珠与美人鱼扯在一起，美人鱼思念王子，泪洒相思地，被守护在身边的贝母蚌珍藏起来，时间长了，眼泪就变成颗颗珍珠。在古印度，人们相信珍珠是由诸神用晨曦中的露水幻化而成；波斯的神话则认为象征光明和希望的珍珠，更是由诸神的眼泪变成。中国的民间也有"千年蚌精，感月生珠"的神话，也有"露滴成珠"的说法。从神话到传说，珍珠一直被认为是诸神送给大地的礼物。

当珍珠成为首饰时，人们通常会分成两派

　　喜欢它的人会认为它纯洁高雅大方；不喜欢它的人则认为它虽然经典但带有一点老气，不时尚，是属于妈妈级佩戴的首饰种类。

　　以我个人的经验来看，珍珠一定是可爱的，而且这种爱不应该仅

粉淡透明的裸妆,仍然可以使珍珠达到完美时尚的气度

限于上了年纪的老派人士。它不但是有个性的,有热情的,而且可以是时尚的。当珍珠依附于某一个人时,它就有了自己的感情,它会配合佩戴者的性格,帮主人表达一种情绪。

珍珠是营造女人的"气质"和"品位"的高手!只要小小的一粒,就会让中性味变成女人味起来,让粗犷中不失细腻,让原本气质高贵的人更加分。

而且,珍珠本身是多元化的,它们成色不同,颜色、形状、大小都不同,珍珠的形状多种多样,有圆形、梨形、蛋形、泪滴形、纽扣形,甚至不规则形。颜色有白色、粉红色、淡黄色、淡绿色、淡蓝色、褐色、淡紫色、黑色等。其中有的带有白色条痕。典型的珍珠光泽是柔和并带有虹晕色彩的,透明至半透明。它们适合不同的场合和不同风格的造型,它不但不老气,反而能带来活跃的气氛。

我对珍珠的热衷和对珍珠的时尚认知,来自一个可爱长辈的感染,她有众多显赫身份,其中之一便是**LANVIN**的总裁,一个具有时尚影响力的女人。她的身份让她即使穿最普通的服饰也能让它们显得高贵典雅,而且也让之前一直不被时尚界重视的珍珠拥有了时尚的生命力。由于她对珍珠用于时尚设计的开发,让**LANVIN**创造了珍珠和布之间的拼配流行。有一次我有幸走进她的珍珠储藏间,立即惊呆在场,里面分门别类,按亮度、色度、透明度、大小、形状,区分了无数颗珍珠,那场面绝对比满天星斗的夜空更让人震撼!

我的工作让我有机会走遍全世界,所以我无论到什么地方,都会帮她搜寻当地的珍珠,比如上海珍珠城和北京潘家园我都去过,各地珍珠的风景各异,每当我回美国、法国或台北,当有机会见到她,并把这些

一条珍珠项链就可以显示出个人的独特品味和独特魅力

藕色系、灰色系的珍珠更容易使典雅完美的气质表露无遗

多层次大小不同的珍珠搭配，绝对的时尚亮点

不规则圆的珍珠，更有年轻时尚感

珍珠的魅力就在于它多面的美丽和与生俱来的典雅气质

就算在带繁复印花的针织外套上都能使珍珠出色，明亮

小珠子们交给她的时候，她都会兴奋得像一个孩子，给我讲很多珍珠的故事和灵感，珍珠的用法和搭配。我看着她把很多零散的珍珠叮叮咚咚地串起来，仿佛看到这些珍珠们终于在她手中找到了一个家，安稳地投靠了一个温暖的主人。有的时候，我看到橱窗里的**LANVIN**珍珠系列首饰，就会在心中默默地想，这其中有没有我为她搜集来的珍珠呢……心里自然升起一股小小的成就感：这一颗小珍珠，我把你带到了如此辉煌

的时尚店堂，你该如何感谢我呢？

　　我在给艺人做红地毯造型或是唱片封套的时候，常常把珍珠当作造型的"秘密武器"，效果不俗！也许你不是艺人，但只要你是女人，珍珠就是你的朋友。

　　如果你是一个上班族，穿一套鸽子灰的毛衣，搭配上黑色短裙，那么你适合配一粒细小的白色珍珠耳环，你的干练知性中即多了几分柔美的气质，它在增加亲和力的同时又不会破坏你在办公室的权威形象。严肃的气氛里多了这分小小的柔和的时尚气息，你的同事也会因此变得心情很好。

　　如果你是一个**Party Queen**，那么你可以搭配一件得体的洋装，做一个闪亮的发型，衣服、包、鞋、配饰都搭配好之后，可以在脖子或手腕上戴上一串大大小小密密穿起来的珍珠，尤其是那种和布组合穿起来，戴上之后非常有时尚效果。而且，这些珍珠会在你光芒四射的气质里增加你的柔软度，显得时尚而细腻。

简单的素色旗袍和珍珠的配搭。大方中又透露着时尚的简约风

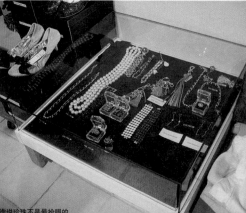

谁说珍珠不是最抢眼的

珍珠的大小形状、颜色都会显示设计的时尚感

好的设计可以使珍珠时尚、典雅

多层次大、小的珍珠配搭，流行时尚感十足

就是此款造型设计。LANVIN将珍珠包着纱，包着缎和丝绸带动了世界流行风潮

即使是衡热，仍然可以展现出它的价值感

配在中式旗袍，更显现出珍神秘高级的时感

如果佩戴大颗的珍珠时，其他的首饰就一定要小，才能突出珍珠时尚的年轻感

薄纱加宝石和珍珠——又是一个时尚的点睛之作

「包」罗万象

Lanvin手袋

Balenciaga机车包　　大背包是很多年轻女孩子的最爱 纽约街头　　　　纽约街头

皮包——"包"罗万象

　　如果说女人的女性意识觉醒是从第一双高跟鞋开始，那么女人的奢侈意识觉醒大概就是从第一个挎包开始的了。女人和包包亲密无间，台湾的综艺或谈话节目甚至有"检查包包"这一环节，通过包包里面的东西来窥探主人的性格和私生活，当然，也通过包包评判主人的品位。

　　有经济能力的女人每季都会买一只新的包包——或者我们可以说，这和经济能力无关，因为包包的等级很多，从几百块到几万块，为各层人群提供选择。有性格的女人几乎也要平均每季都买一只新的包包，包是一个空间，也是一个配件。包能表达她的态度，优雅或者狂野，换包就可以换态度。

　　我个人偏爱HERMES（爱马仕）的Birkin包。爱马仕手提包Birkin Bag是以法国女星Jane Birkin命名。一次飞机上的偶遇，让爱马仕主席兼行政总裁杜迈先生认识了初为人母的Birkin。在交谈的过程中，Birkin解释她不使用Kelly包是因为包的袋身较窄，让她无法把婴儿的尿布、奶瓶等杂物同时都放进去。为此，杜迈先生灵机一动设计了容量较大的Birkin Bag。Birkin包最大的特点，就是在优雅高调之外，兼具了极强的实用性，尤其适合旅行登机，而且由于它容量大、易于放置文件，也有许多追求高品位的白领女性把它当作公文包。

　　我有两个Birkin包。一个是40寸的黑色Birkin，扣环是金色的，另一个则是45寸的深咖啡色Birkin，扣环是白色的。我非常爱它们但是很

Lanvin手袋

Hermes永远呈现出简约、典雅的
调气质

GOYARD手提包——可惜还未流
到内地

Hermes的kelly包——大部分女
梦想的包包之一

少使用。我把它们放在柜子里，却绝不会冷落他们，每当我打开柜子或偶尔路过的时候，我会跟它们招招手**say hello**。我不是一个鼓励奢侈的人，我会收藏**Birkin**是因为有两个非常值得的理由。

第一，它皮质上乘，做工细腻，形状也正如它的来历一样恰到好处，不会没个性，几十年来一直散发着骄傲的气质。**Birkin**有软包与硬包两种款式，有多种不同大小的尺寸以供消费者选择。由于**Birkin Bag**和**Kelly Bag**同样是由马鞍袋演绎而来，因此外型有些相似。不过不难发现**Birkin Bag**的袋身宽且深，手提包的盖袋也修饰成潇洒利落的三片状，个人认为比**Kelly Bag**更加洒脱豪迈。

第二，物以稀为贵，**Birkin**不是每个人有钱就能买到的，**Birkin** 包永远都是一支持续升值的潜力股。不过，如果你不喜欢它，我也能帮你罗列出理由，因为这也是我能感受到的：它本身的自重很大，会有一点累手，而且它代表了奢华，低调的人绝不会选择这款人尽皆知的豪华包包。

包包和鞋子有一点很相似，就是女人对包包的购买欲绝不输给鞋子。对于买包包来说，几乎超越了女人对搭配、实用、选择等的实际需要，像成瘾一样难以戒持。所以，买包这件事可能需要的不是一种时尚

在日本原宿街头，正在展示最流行的购物包，看到了这些包包，就知道了这季的流行风

BIRKIN铂金包——我的最爱，我也拥有了一个，喜欢它就要去用

ISSEY MIYAKE GOYARD 购物包是现在男女设计师们最爱的一款包包

BIRKIN铂金包——个走在日本街头的女人，亮丽的桃红色吸引了大家的目光

特殊的材质，可以使流行性更突出，适合在晚宴中出现

斜肩背包可以在逛街和购物中呈现出最轻松和最流行的感觉

指导，而是一种心理指导。

我在时尚界打拼几十年来亲眼经历了时尚的发展，十几年前，几乎任何一个一线品牌的任何一个包，哪怕报章杂志图片上只露出一部分，哪怕电视里镜头只是一闪间，哪怕只是一个女人拿着它从我面前经过一下，我都可以辨认出这款包包是属于哪个品牌哪个季节推出的。但现在，我常常会猜错甚至根本无法辨认，因为现在各品牌每季都会同时推出很多不同主题的新款包包，如果你要求自己全面追求流行最前线，其实是不现实的。

花钱要买出品位，买出你的活力和魅力，买出别人对你的羡慕，要让你会因此而更有自信，这款包包是否值得投资，有两个评判标准。

1. 你要了解自己的性格和经常出现的场合，就算你有多喜欢这个包包，那么你预计你将会使用它几次？如果你只能想到**1 ~ 2**次，那么我认为是不值得买的。如果你每个月要参加**5 ~ 6**个适合带这款包的**Party**，那么这个包包就非买不可了。

2. 根据以往的经验，如果此类包你带出去之后，有**70%**的人是持赞美态度的——不论她们说的是这个包有多美还是这个包和你的气质有多配，**30%**的人保持沉默，那就说明这类包包是值得买的。如果反过来，你的这类包在见过的人里，有**70%**保持沉默没有给予评论，那就说明它**just OK**，虽然不能完全证明这是因为别人都抑制了批评的言论，但至少也是它并没有引起别人的注意。

YSL圣罗兰包包，一身黑衣加一个黑包包，就是最安全又时尚的流行

Kelly包

BIRKIN铂金包——走在巴黎街头的女人，有时一个包就是当天最好的服饰搭配

流行的环保袋也是潮流产物

Kelly Bag铂金包——走在纽约街头的女人，一个铂金包就能凸显出她的品味

为鞋痴狂

高跟鞋能衬托出女人的优雅和挺拔，也能捕捉到身材的优点

鞋——为鞋痴狂

　　我绝对不算最迷鞋子的人，在鞋子的粉丝界，我只是个入门级别。但是，我最多的时候同时拥有**200**多双鞋，即使是造型工作需要，即使是经济能力许可，我也不认为这是一个正常的拥有量，也许是因为我没有妥善安顿几百双鞋的能力。

　　我的很多鞋的粉丝朋友们拥有**500**双以上的鞋子，他们和我不同的一点是，他们并没有觉得这不正常，并且持续不断地坚持着收集鞋子的事业。

　　我去过很多艺人的家，但是蔡琴和关之琳的家给我最大的震撼：蔡琴保留了几百双鞋子原有的盒子，并用相机拍下鞋的正面和侧面编号成册；而关之琳则用大大小小无数的透明塑胶盒子把每双鞋子单独收纳，每个盒子的大小差不多要和鞋子吻合。并且她把平底鞋、凉鞋、高跟鞋、靴子分区域划分，我简直走进了一个鞋子的博物馆！

　　为了呵护和保养，并表达我对鞋子的尊重和爱，我回家之后就依样对我家的鞋子做了一个整理，收获很大。我让空间得到了更合理的规划，让鞋子们享受到了阳光和干净的空气流动，我给鞋子们创造了一个和谐安定的家。

　　鞋子是一种奇妙的消费品，它们中的大部分都在你的预算之外，它们最容易勾引你的"冲动消费"——也许你的其他东西都是在购买清单中。在决定购买一双鞋的时候，想得最多的不是它要配哪件衣服，而是要填补你在鞋款上哪方面的空白哪怕已经拥有各个款型，不过我想你一定有理由，那就是这双鞋子为什么这么可爱，我一定要拥有它！所以我对买鞋这件事有三字箴言送给你们，那就是和过马路一样："停、听、看"。当你第N次对一双鞋产生一见钟情的冲动时，首先要"停"下来，不要马上做决定斥资买下；然后试穿它们，"听"一下身边朋友的评价——哪怕是店员服务生，虽然一般情况下店员都不会说反对的话，但你也可以从他们的语气中判断出一些客观的看法；最后，仔细地看这双鞋，它是不是长得和家里的很多鞋子大同小异？把它买回去，会不会伤了家中鞋子的心？那些已经被你购置在家的鞋子在召唤你，你有没有认真对待它们？要知道买鞋不是目的，这是一个简单的道理，克制自己的贪心，穿鞋才是最终的目的！

对于那些追一时流行，很快就会过季的鞋子，一定要遵循"停、听、看"的原则。不过，你可以对另一些鞋子"纵欲"，就是那些优雅的，质地纯粹，做工精良，任何时候都会漂亮得体的鞋子，因为买它们就买到了经典，买到了一个值得收藏的心爱之物。

鞋子也是一个奇妙的朋友。女人可能因为喜欢某一双鞋子而去忍痛穿它五六个小时，不去管它是不是过瘦或夹脚，鞋跟是不是过高不舒服，或者是否单薄冻脚，也许，你最爱的人在做一件令你不高兴的事，你却连五六分钟都忍受不了。但对待这个奇妙的朋友，并不需要一味"忍受"，即使不乱买鞋，你一样拥有很多选择，既漂亮又适合自己的鞋子们，既多变又适合各种场合的鞋子们，它们都可以是"享受"而非"忍受"。

当然这首先需要你积累穿鞋的经验。你的身型、肤色，衣橱里的衣服，你的性格和你常常去到的地方，都是穿鞋需要衡量的元素。这些元素虽然都属于同一个你，但其实千变万化。如果你找到变化的规律，也就会和这个奇妙的朋友相处了。

鞋子的颜色和缤纷的世界所拥有的颜色一样多得数不清，但你只要拥有红、白、黑、米和咖啡色这五种颜色，就足以搭配万种情况了——风情万种对于一个女人来说，已经够用了。

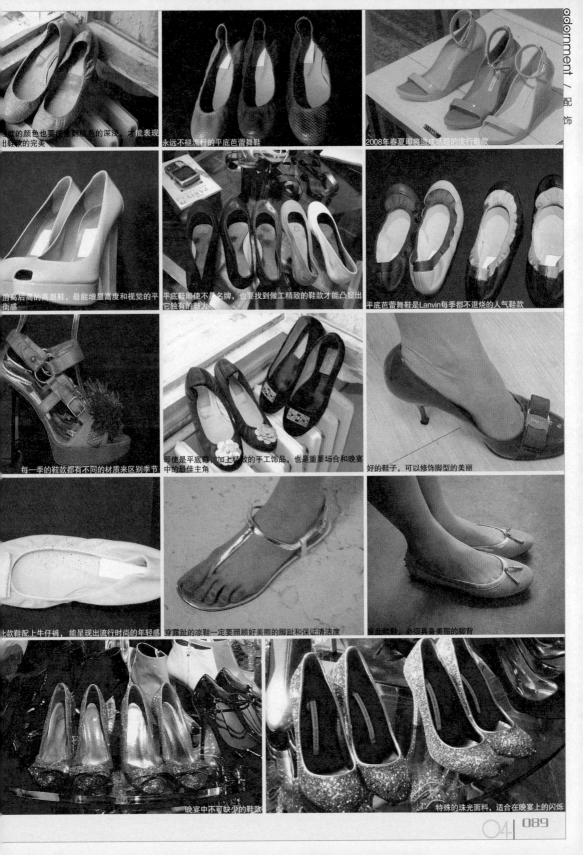

款的颜色也要注意到颜色的深浅，才能表现
出鞋款的完美

永远不褪流行的平底芭蕾舞鞋

2008年春夏即将造成话题的流行鞋款

即高后跟的高跟鞋，最能增显高度和视觉的平
衡感

平底鞋即使不是名牌，也要找到做工精致的鞋款才能凸显出
它独有的魅力

平底芭蕾舞鞋是Lanvin每季都不退烧的人气鞋款

每一季的鞋款都有不同的材质来区别季节

即使是平底鞋，加上精致的手工饰品，也是重要场合和晚宴
中的最佳主角

好的鞋子，可以修饰脚型的美丽

比款鞋配上牛仔裤，能呈现出流行时尚的年轻感

穿露趾的凉鞋一定要照顾好美丽的脚趾和保证清洁度

穿此款鞋，必须具备美丽的脚背

晚宴中不可缺少的鞋款

特殊的珠光面料，适合在晚宴上的闪烁

藏在眼镜后面

高级塑料是设计师们最钟爱的材质

眼镜的款式能为时尚加分，也能为时尚扣分　　　　渐变的镜片是永远不退烧的流行　　　　圆形复古的眼镜，造型感十足

眼镜——藏在眼镜后面

　　有一句调侃的话是这样说的："某某艺人长得实在太普通了，他如果不戴上太阳镜，你简直看不出他是个明星。"

　　太阳眼镜是明星们的必备随身造型武器，但并不是每个人都用太阳镜来假装明星，眼镜对于造型所产生的作用，也不仅仅局限于太阳眼镜。近视眼镜和平光镜，甚至最近流行的无镜片眼镜，都是造型上的好道具。

　　大部分艺人戴上太阳眼镜的目的都不会是为了更引人注目，而是要让自己的眼睛逃避与陌生人的正面接触。太阳眼镜可以让艺人在不想被人认出来的时候当作一个遮掩，也可以为艺人在没化妆的时候遮丑。同

眼镜的造型，显示出了现代感十足的都市女人　　　　纽约的街头不时有时尚人士戴着流行的各式眼镜　　　　巴黎街头可以看到优雅的中年妇人也戴上时尚品味的眼镜

样的道理，不是艺人也适用，普通人也会有想逃避接触社会的时候，也会有素面想遮掩一下的时候。

而且，太阳眼镜很多时候也可以充当大明星的**LOGO**，比如约翰·列侬的圆形镶边眼镜、杰奎琳·肯尼迪的大号女性太阳镜，以及著名的女权主义运动家格洛丽亚·斯泰纳姆，即使去餐馆也戴着大号的飞行员眼镜，还有著名导演王家卫，他几乎在任何时候都不摘下自己的墨镜。

抛开太阳镜的文化内涵不说，在造型上，太阳镜也有特别的效果。首先太阳镜本身的设计就十分多变而丰富。每款太阳镜都代表了一种时尚表情，你个性张扬也好，内敛含蓄也罢，不同的形状、颜色、质地、钻饰能把你装点得或活泼，或冷峻，或典雅，或璀璨……

平光镜或无片镜框则为了营造一种文静的气质，如果你要去应征工作，可能这样的眼镜会让你显得干练精致，让职场领导觉得你稳重而有内涵。

选择眼镜有以下几个原则：

1．飞行员蛤蟆镜是男人的首选，但女人戴的时候可以体现出一种休闲舒适的感觉。如果你穿了休闲运动装去健身房，也可以选择一些特殊质地的运动眼镜。

2．金属边框的太阳镜以及金属和板材结合的太阳镜能够营造高贵、干练的感觉，电影《穿**Prada**的女魔头》里面主人公米兰达所佩戴的多款眼镜都是金属边框的。

3．方形脸的人需要选择比脸型宽一点的镜框长度，圆形太阳镜和镜片四角呈弧形的太阳镜会把脸上的棱角修饰柔和。

4．长形脸和鹅蛋形脸都能佩戴面罩式的眼镜，并且适合鼻梁较高的女孩佩戴，可以立即营造出酷酷的感觉。

5．心型脸可以挑选圆形，或者椭圆形的镜框来搭配脸型，我的经验是，尖下巴配上这样的眼镜，上镜会很好看。

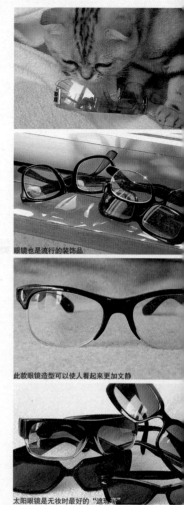

眼镜也是流行的装饰品

此款眼镜造型可以使人看起来更加文静

太阳眼镜是无妆时最好的"遮瑕膏"

特大的眼镜造型是时尚的新潮流

无妆时配上口红，眼镜就是最好的装饰

我在世界各国收集的眼镜

镜框的线条设计，也能透出当季的潮流

应配合自己的脸型和肤色来选择眼镜的款式

宽边的设计，前卫感十足

黑框眼镜最能提亮肤色

明显的LOGO设计，也是最新的时尚潮流

无妆时，眼镜就是最好的装饰品

选镜时应该注意它的品质，好的镜片可以保护眼睛

玳瑁珍贵的材质，体现时尚的贵气

也许根本不需化太多的眼妆，戴上一副眼镜就能表现出强烈的时尚美感

除了化妆和服装，有型的眼镜是最重要的装饰

模特展示LANVIN新款超大造型眼镜

眼镜的时尚效果强。淡妆时仍透出神采

在曼哈顿的下城东区可以找到流行时尚的各式眼镜，价位都只有3～5美元。

6．很多太阳眼镜在镜腿和镜框上有很浓烈的装饰，比如**Bvlgari**的一款使用**Swarovski**的水晶装饰让眼镜充满了高贵和奢华，**MiuMiu**则重视镜腿的修饰，各品牌的金属**logo**造型充满了时尚感。这种太阳镜已经是一个时尚感极强的饰品，所以在搭配其他饰品的时候一定要注意不要画蛇添足。设计感比较强注重细节的小洋装是装饰性太阳镜的最佳搭档。

搭配妆容的原则也不繁琐

◎　蛤蟆镜或运动型眼镜几乎可以配合裸妆或素面。

◎　鲜艳亮丽的眼镜自然搭配夸张性感的造型，搭配彩色太阳眼镜时，妆容在用色上可以出挑一些，比如健康的肤色配合粉色系的腮红，清淡的烟熏，鲜红醒目的双唇。

◎　如果是彩色很出挑的眼镜，选眼影时就要避免那些本身就带珠光效果，或者带闪粉的眼影，相反应当选择亚光效果的眼影。在色彩上，我推荐香草色、玫瑰金色、清透的海军蓝、淡褐色，这些颜色都比较自然，不会和太阳眼镜"抢戏"。

◎　口红要醒目，鲜红、粉红、珊瑚红、浅玫瑰褐色配彩色太阳眼镜都很漂亮，发型则可以随便一些。

白衬衫与蓝衬衫

白衬衫能凸显出女士的优雅

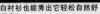
白衬衫也能秀出它轻松自然舒适感

白衬衫的时尚体现在它领口，袖口和身形的设计

白衬衫是每一季大品牌不可缺少的设计单品

衬衫——白衬衫与蓝衬衫

"也许每一个男子全都有过这样的两个女人，至少两个……"因为张爱玲的著作《红玫瑰与白玫瑰》，这句话成了脍炙人口的名言。我现在要说的是，也许每一个男子或女子全都应该有这样两件衬衫：白衬衫与蓝衬衫。

对白衬衫的痴迷，是从我在日本工作求学期间开始的。不论对于男人或是女人，衬衫都是所有衣衫中最能表现气质的。只在领口和袖口间的细微变化就能幻化出流行感和时尚感，更何况，随着服装理念的解放，设计师们赋予衬衫最多的面貌，充满想像力的设计感贯穿在整件衬衫里，从肩头到腰身，从上臂到下摆……

只是，白衬衫是不同的。它纯粹、低调、高傲、极简、经典，任何品位的人士都不会抗拒在自己的衣柜里保留一件白衬衫。

白衬衫在我的造型工作中起过非常神奇的作用。在为艺人明星做电视节目、厂商广告、唱片封套或杂志拍摄的造型时，白衬衫能打造出千变万化的印象。以广告来讲，厂商可能是厨卫用品，可能是家具，可能是化妆品，只有白衬衫是百搭的。我曾经让关之琳、萧蔷这样的大美女在拍摄的时候穿上最简单的白衬衫，那些白衬衫可以让她们变得随性而居家，也能让她们变得美艳而风情万种。

清洁度是白衬衫必备的素质，没有了清洁，再好的白衬衫也失去了灵魂。所以它尤其需要悉心的保养，而保养秘诀就是：穿一次洗一次。

　　不论你是否可以用肉眼观察到白衬衫的衣领和袖口上的污迹，遵循穿过一次就洗的原则，这样才能不让污垢有积累的机会。洗好而暂时不穿的白衬衫，要用塑胶袋套住。我有很多件白衬衫，有的已经有十几年的历史了，但我只要穿出去，看到的人都会觉得这是一件新衬衫。

　　干净的白衬衫可以彰显上班族的专业态度，让他们显得严谨认真，有条不紊；干净的白衬衫也让**Party**中的衬衫主人显得时尚年轻。

　　白衬衫不仅仅是白而已，各件白衬衫之间也有千百个面貌。面料、剪裁、扣子，所有的元素都能赋予白衬衫或简单或华丽的风格。

　　如果你是一个爱玩的女孩出门逛街，你可以穿一条普通的牛仔裤，搭配短款修身的白衬衫，扎一条红色的腰带或带一个红色的包包；如果你是一个优雅的贵妇去拜访朋友，那么你可以穿一条黑色的裙子，在白衬衫上搭一条颜色稳重的围巾，不但高贵简单，而且在不失大气的前提下增加了你整体造型的流行性。

　　蓝衬衫的颜色本身会比白衬衫更加有变化空间，深蓝、淡蓝、天蓝、湖蓝、宝石蓝……蓝色是更具时尚感却同样具有经典性的颜色——尤其当它被用在一件衬衫上的时候。蓝衬衫的时尚力量常常带给你惊喜，因为，你会发现，它在时尚之外还让你成为一个有底蕴、有故事的人。

　　当你身穿一件蓝衬衫出现在职业场所的时候，你的专业素养和亲和力在不经意间传递、散布、暗示着周围的每一个人。上班的女孩子如果穿一件蓝衬衫，搭配卡其色的裤装，会让你在写字楼里卓尔不群。

　　休闲的时候，蓝衬衫和藏青色的裙子，搭配一双凉鞋，会表达出你的生活充满活力。

　　也许白玫瑰和红玫瑰只在张爱玲的小说中著名，但是对于白衬衫和蓝衬衫，请在衣柜里为它们留一个不必太起眼的位置，因为，你总会用得到它们。

任何的搭配都能显出白衬衫的品位和时尚感

即使是最简单的蓝白衬衫，也有它不同的剪裁与设计

comme des garcon的蓝白衬衫永远是时尚经典，也是它每季的热卖品

设计剪裁上佳的白衬衫也是时尚的最佳服饰 蓝衬衫是时尚人士的必备品

搭配完美白衬衫也能给上班族带来强烈的时尚感

小心你的旗袍

西式的花纹图案可以使旗袍年轻化

旗袍——小心你的旗袍

　　每次出国参加大型的活动，比如电影节、颁奖礼、首映礼，总能在红地毯上看到中国女人穿着形形色色的旗袍出场，越是在西方的国家就越是如此。旗袍是被全世界公认最能够代表东方美的服饰，中国女人在世界场合出现的时候希望能穿出标签化的东方美感来是可以理解的。但她们中的**80%**是在乱用旗袍造型，让我看到之后不但没有产生东方自豪感，反而竟有些痛心，大部分人在旗袍和一些画蛇添足的唐装配饰包裹下，显得老气、土气，甚至廉价。

　　旗袍本身是没有错误的，它是中国历史赋予女人的最经典的服饰，那花红柳绿的面料，细致繁琐的花边，密不透风的立领和各式盘扣，最能体现东方女人的神秘。它用复杂的面料、图案和手工剪裁，把中国女人衬托得婀娜多姿，风韵十足。高耸而圆润的领子充满了含蓄、内敛之美。另一方面，旗袍也是性感的，它的质料，曲线、温润，华美，饱满，这一切的一切，无不展示出旗袍夺人魂魄的性感魅力来。尤其是那种高开衩的旗袍，让一双玉腿在若隐若现中闪射出无穷的撩人风情。这样的美，在含蓄上平添了几分奔放，在稳重里又增加了几许妖冶，在娴静中又洋溢着不少妩媚。电影《花样年华》中张曼玉所饰的苏丽珍将自己置身于款款旗袍之间，一次次地变换着，一举手，一投足，将旗袍的美丽穿到了极致。**26件**频频轮换的旗袍演绎的风情万种把东方女性的神秘淡雅推向极致，也将女人的温柔展露无疑，用身体把旗袍绽放成妩媚的烟火。

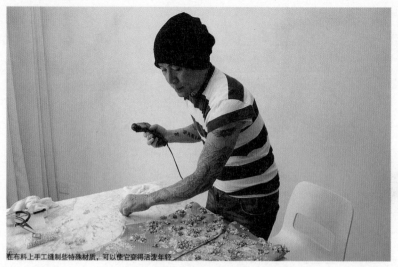

在布料上手工缝制些特殊材质，可以使它变得活泼年轻

传统的旗袍□
样式颇为老□
气

细戴的旗袍突破了旗袍原有的古

　　但旗袍是挑人的，有人说"旗袍是一种不能普及的美"，从这个意义上来讲，它才是真正的奢侈品。过瘦的身材不能把旗袍衬托得圆润挺括，让瘦女人更加屏弱；过肥的女人又被旗袍把所有缺点都暴露出来，处处可见溢出来的肥肉。但旗袍会让美丽的更加美丽，让高贵的更加高贵，它专为那些成熟、丰满、高雅的女人而生。

　　也许问题出现在旗袍成了东方的符号，成了美丽的奢侈品。于是旗袍、唐装、折扇、中式披肩、绣花包包、绣花鞋在世界各地的酒店纪念品店、旅游景点小商店，甚至人流交织的街边地摊上泛滥起来，当然这种泛滥里出现的自然不是上乘货色。面料低廉，剪裁粗糙，图案单调，设计守旧的中国式旗袍唐装就这样明目张胆地混入主流，所以那些在高级场合穿错旗袍的人，很容易一不小心自贬身价。

　　我要说的是，首先，当你以黄皮肤黑眼睛的样子出现在世界面前的时候，已经很东方了，实在不必要再用旗袍来强调，选择一个合适自己的品牌礼服就好了。

　　然后，假如旗袍是适合你的造型，是你必须的选择，那么请你一定要事先请专业的造型师策划好，精心搭配，面料一定要质量上乘，从一颗盘扣到一颗亮片都要讲究。旗袍的成功，面料质地是具有决定性的，

简单的中式块块皮夹，也能创造时尚感

流行的妆容和发型能穿出旗袍的现代感

太过于中式造型的图案，会阻碍穿旗袍的时尚味道 搭配廉价的中式绣花手包，会为旗袍造型扣分

滚边是旗袍最基本的装饰，拿捏不好会显得旗袍的老气

穿出旗袍年轻的时尚感，要避免用廉价的手包和配饰

中式的珠珠皮包，应注意它的造型设计，否则使人显得没有朝气

利用立体的蕾丝作为旗袍的装饰，可以增加时尚感

皮质的材质可以使旗袍更具时尚感

旗袍配中式的绣花鞋或珠珠鞋，是穿旗袍最大的败笔

西式设计的宝石皮包

旗袍师傅的手艺，决定了旗袍剪裁的好坏

突破传统的设计，可以提升服装的时尚感

我建议选用欧洲的面料。欧洲的面料图案、色泽、纹路是根据人体视觉效果经过精心设计的，不但得体，而且有时尚感觉。至于款式，要根据自己实际的身材情况来选择，比如上臂线条完美的可以选择无袖的，身材高挑的可以选择高立领的，腿部线条完美的则可以选择高开衩的，如果你的情况刚好相反，则要请服装师或造型师根据你的情况重新调整设计。

最后，要用好中式元素有一个秘诀，就是不要全副武装从头到脚的唐装。我见过的失败的例子，就是从头上的发簪开始走中式复古路线，中式的流苏披肩，一袭旗袍下面，是一双绣花鞋，手上是一只绣花皮包或一柄中式团扇……如果这样的话，那对你的造型搭配要求很高，大部分情况下你会选错东西，画蛇添足。与其如此，还不如去做一个具时尚感觉的发型，穿一件时装外套，露出里面的旗袍；或者穿一件洋装，搭配一个中式的项链或手镯。这时候，这些中式的元素既会成为你造型中的点睛之笔，也帮你表达了东方韵味，提升了自身的价值感，也提升了东方元素的时尚感。

我也可以讲一个成功的例子，我在戛纳电影节上认识一个可爱的朋友，她是一个电影人，先生是德国人，在文化观点上，她是一个典型的有着国际包容性的中国人。她的身材娇小，但比例完美。我很佩服她永远能让自己的造型既美丽又有强烈的个人风格。每次见她，永远是鲜红的唇妆，黑色深邃的眼线，虽然不打粉底但色彩绝对够浓烈鲜艳。她身上的服饰都是买旧的，她总是能从英国、法国、美国、上海、北京……世界各地淘来经典的东西用在自己身上，这让我每次和她见面都很开心，都能受到新的造型启发。最记得有一次，她穿着正红色的上衣和裤子，脚下配一双红底的绣花鞋，手上拿着一只复古的黑色皮手包——整个人完全不刻意，却把中式元素用到完美极致。

我只是不鼓励乱穿旗袍，但我认为把中国元素用来贯穿东西方的时尚是有必要的，让旧时代的东西在现代发扬光大，这才是"传承"，只要你用得对，这种传承同时也可以是经典的、美丽的！

気质的完美『表』现

戴大表款的风潮，使追赶流行的人更添加了时尚的魅力和活力的气质，但保守的女人仍是只停留在欣赏的阶段

摄影 王志柏

如果你是粗线条的个性，此款型可以补助你的细致　　手表的款式也会显示出女主人的个性和时尚的品位　　永远不退烧的表款。可以散发出简约时尚的品位，值得珍藏　　有时可以为了一款手表，要特别用服饰来表现出它的独特设计

手表——气质的完美"表"现

　　任何类型的制造物发展到极致，都会以艺术品的形式流传于世，手表更不例外。无论对于男人还是女人来说，手表因为它的实用性和装饰性以及价值感的三位一体而成为最能表达气质的配饰。在浩瀚表海中，总有一些经典款像钻戒一样毫无悬念地成为女人的渴望——即使它没有钻石，没有复杂的多功能，它们依然是可以传世的腕上瑰宝。是的，经典腕表不仅仅是品牌的产物，也是手工艺术的化身。无论是那永恒的黑与白——"AHANEL J12系列"，还是那活泼奢华的运动气质——"Cartier Pasha de Cartier系列"，经典手表是一种公认的文化，占据时尚领域最低调却最有内涵的位置。

　　手表和其他饰品是不一样的，其他饰品更多地是在为你的外型视觉而装饰，但手表却在不经意间显露你的内在。你想想看，当一个具有王者之风的企业家在挥手间，如果"表"现出令人望而兴叹的昂贵，那么你会对他的财富更加羡慕；当一个银行职员或IT从业人士在交接单据时，如果"表"现出有趣的主题，那么你会一扫对他刻板的印象，开始想象他的情趣；当一个设计人员在和你交流想法的时候，如果"表"现出符合你品位的名师作品，那么你会对他的设计眼光更加信任；当一个普通的收银员在把零钱递给你的那一刻，如果"表"现出经典或限量，那么你会立即对他（她）刮目相看。

　　手表让他们显得文静而不外放，呈现出内敛式的典雅和高贵。这也

在西方国家有非常多的古董表店

是为什么其他首饰，哪怕是钻石，都可以用一些做工精良的人工仿制品来代替，但手表却绝不能戴假货的原因。而且，无论哪个品牌的手表，**LOGO**大多很明显，需要的工艺更高级，更繁复，假货很难精良、剔透，只能让戴它的人身价一落千丈。如果你的经济情况不允许买到真的名表或真的钻表，那么情愿不戴，反而不会失了自信。

钻表的佩戴也有讲究，不仅仅是不能戴假货，而且不要在大白天的户外戴，在太阳光的反射四溢下，你"光芒万丈"的手腕会给别人带来压迫感。如果是在晚上或室内，那么一块钻表立即让你彰显时尚而高贵，成为恰到好处的焦点。一贯纤柔的女人如果选一块男表戴上，会让她显得活泼而不做作；平时有点粗犷的女生带上一块真皮制的表带，则立刻显现出小鸟依人的气质。

手表选择实用tips

◎ 对于大多数戴手表的人来说，手表是看时间的，再复杂的功能其实用不到。以机芯的复杂程度来分类的话，一般分为简单款和复杂款两大类。简单款仅仅是显示时间或者最多增加日历星期的功能，而复杂款种类繁多，对于实际使用的意义并不是很大。以款式的功能来分，常见的有潜水表、飞行表、军用表和时装表。潜水表由于出色的外观设计和优良的防水性能受到表迷们的青睐；军用表由于黑色的表盘，特别的指针，坚固的外壳也受到了表迷的欢迎；飞行表的特点在于复杂的表盘和码表的计时功能，虽然戴飞行表的人大多不会驾驶飞机，但是复杂的表款也容易令人倾倒。

◎ 如果为了实用，那么选择自动表比较合适。手动表适合于表迷，那种给表上发条的感觉对表迷来说是享受。

◎ 选择规模大的本地表店，可以保证有更多的品牌和款式的选择。表店越大，自然选择的范围就越大，而且表店因倒闭而影响售后服务的可能性大大减小。通常大型正规的表店都有专业的维修维护和售后服务。当然，一些独立品牌的专卖店也是更加可靠、更加专业的选择，比起代理性质的专卖店，最好选择由公司直接开设的专卖店。

复古董表有多样的个性，可以优雅文静，可以时尚前卫，也可以高贵华丽，这些都是任何场合中最佳代言的表款

金属材质的手表更多了些现代感，多一些力量感，可以更活泼地表现出活力

活泼运动型的手表是现在时尚流行的产物。也是很多女人的最爱

典雅秀气的皮带手表可以衬托穿衣造型上的完美

皮带的表款是最安全的时尚饰品，任何场合都能为你带来好评

时尚的风潮。愈来愈多的女人选择男表和中性款的手表

从事设计工作的女性，戴的手表也会过多体现设计感和独特性的款式

上班白领族的最爱，既提升个人品位又能使自己显得文静秀气

在时尚的流行中，有时是没有对错的。此款手表也经常出现在文静和中性的女人手上，也有搭配在隆重的晚装上

皮带的表款永远不会落伍，更添加了十足典雅气质。一款好表可以让自己的时尚气质加分

低调含蓄的表款给人平实和亲和力

我为CHRISTIAN DIOR的手表做造型设计。2006年女人戴大表的风潮开始流行

◎　手表当然是一分价钱一分货。它的工艺、品质、档次、价值，最终都是体现在价格上。但买表一定要量力而行。有一个公认的原则：用两个月的月薪买一支手表是基本标准。既实用，不影响日常的生活，又符合了佩戴人的身份。当然，这个原则并不适用于所有的人，比如狂热追求的表迷和富翁就除外。

◎　全世界有历史的、好的手表品牌实在太多，怎样决定取舍呢？通常，众所周知的品牌自然是首选，品质绝不逊色。不过，很多欧洲品牌虽然与原名相同，其实已在亚洲生产组装，从工艺和品质上已落后欧洲原产品牌，选的时候要多了解这方面的产品背景资料。

◎　每个品牌都会设定一些不同档次的系列供不同需求的消费者选择。不一定高档品牌的入门表款就一定高于中档品牌的高档款，这需要花点时间多看资料多比较才能了解。

◎　大多数的表款设计时也考虑到了不同行业和不同类型的人群，要根据自己的喜好和实际试戴来决定品牌和款式的选择。比如SWATCH以廉价的材质和新颖多样的设计适用于年轻人，而典雅持重的OMEGA则被很多公司白领所接受。身份、场合、着装、用途等等，均会影响在表款方面的选择。

香奈尔COCO小姐香水——高雅迷人的香气持久性强、是白领们的最爱

宝格丽绿茶香水——香味持久淡雅

克里斯汀·迪奥真我香水——舒服的味道、香味温和

Jo Malone橙花香水，芳香持久，非常迷人舒适的花香味代表现代时尚女人独特品位的芳香

HERMES尼罗河花园香水——舒适的清香，透出时尚的高雅品位

雅诗兰黛欢沁馥郁香氛——独特花香的魅力

香水——闻香识人

    "闻香识人"这四个字改编自电影《闻香识女人》。在时尚都市里，男人活得越来越精致，各品牌不断的丰富着自己的男香产品，男人和女人都有了属于自己的味道。

    香味代表一个人。当你的香味被别人熟悉了之后，你的味道就有了辨识度。朋友对我说："梅林，我就知道你在这里，我在走廊里就闻到你的味道了。"我于是很开心——我的代言人又多了一个，那就是属于我的香味，它已经能让别人闻香识我。我享受这种"走路带香"的感觉，它让我自信，也给我幸福感。

    对于女人来说，香味把女人温柔的天分挥洒得淋漓尽致，也许"女人味"的原始本意，正是女人的体香。以一个男人的立场来说，男人最喜欢闻到的"女人味"大概包括三种：第一是沐浴后，淡淡的肥皂清香，给人一种干净、清爽的感觉；第二是类似柠檬式的水果甜香，淡雅，却令人神清气爽；第三种是混合花香，因为分不清到底是哪一种花香，给人神秘感却不失亲切感。

    无论男女，最忌讳的是使用刺鼻的味道来包装自己，刺鼻会降低自己的品位，也会让别人有远离你的想法。

    我要向大家推荐5款香水，这5款香水是一年四季都可以用得到的，春天时它们能带来和环境一样的生机勃勃的感觉，夏天时让你在炎热里流汗而不变味，秋天里安慰你情绪里的萧瑟，冬天时则带来温暖的嗅觉。

香水使用tips

◎ 首先将香水分别喷于左右手腕静脉处，双手中指及无名指轻触对应手腕静脉处，随后轻触双耳后侧、后颈部；轻拢头发，并于发尾处停留稍久；双手手腕轻触相对应的手肘内侧；使用喷雾器将香水喷于腰部左右两侧，左右手指分别轻触腰部喷香处，然后用蘸有香水的手指轻触大腿内侧、左右腿膝盖内侧、脚踝内侧，七点擦香法到此结束。注意擦香过程中所有轻触动作都不应有摩擦，否则香料中的有机成分发生化学反应，可能破坏香水的原味。

◎ 在穿衣服前，让喷雾器距身体10~20厘米，喷出雾状香水，喷洒范围越广越好，随后立于香雾中5分钟；或者将香水向空中大范围喷洒，然后慢慢走过香雾。这样都可以让香水均匀落在身体上，留下淡淡的清香。

◎ 使用香精时，可以以点擦式或小范围喷洒与脉搏跳动处：耳后、手腕内侧、膝后。淡香精以点擦拭或喷洒于脉搏跳动处，避免用于胸前、肩胛的脉搏跳动处。香水、古龙香水或淡香水因为香精油含量不是很高，不会破坏衣服纤维，所以可以很自由的喷洒及使用。在脉搏跳动处、衣服内侧、头发上或空气中喷洒最合适不过。

◎ 用在体温高的部位，效果更明显。一般来讲，肢体内侧比外侧体温高；而且，香气向上升，涂在下半身比涂在上半身更能获得理想的效果。

◎ 不要在阳光照射到的部位抹香水，因为酒精在暴晒下会在肌肤上留下斑点，此外紫外线也会使香水中的有机成分发生化学反应，增加造成皮肤过敏的可能性。

◎ 香水可以喷在干净、刚洗完的头发上。若头发上有尘垢或者油脂会令香水变质。同时也不能够喷洒在干枯和脆弱的头发上，避免造成对发质的伤害。

◎ 很多香料是有机成分，容易和黄金、纯银、珍珠发生化学反应，让它们褪色、损伤，所以香水不能直接喷在饰物上，可先喷香水再戴首饰。

◎ 香水喷在棉质、丝质衣料上很容易留下痕迹；千万不要将香水喷在皮毛上，否则不但损害皮毛，颜色也会改变。

不同的产品特质就有不同的功效。细心的挑选出自己的味道和品位

宝格丽的身体香水乳液，滋润皮肤的同时也发挥了香水的作用

除了香水外，身体的香油和乳液也是很棒的选择，可以保湿滋润皮肤又可以芳香全身

雅顿绿茶女士香水

宝格丽绿茶淡香水——四季都适用的淡香

在纽约Jo Malone香水专卖店高雅又恬静的装饰氛围

◎　香水喷在羊毛、尼龙的衣料上不容易留下斑点，香味留在纯毛衣料上比较难消散。

礼物

是有生命的

JO MALONE

LONDON

包装上的用心能看出送礼人的独特个性和优雅品位

制作出印有温馨句子的小卡片，既有意义，又能　红酒和巧克力是最常见的礼品，也是不分阶级年　包装和制作都出自于自己的巧思和设计，最能表
直接表达出情感　　　　　　　　　　　　　齢最安全的礼品　　　　　　　　　　　　　达出自己独一无二的心意

送礼——礼物是有生命的

　　"我今天很开心。"这句话不仅仅是我在说，很多人都会经常用到
这个句子。那么这句话的背后，到底能承载多少个令人快乐的理由呢？
不管有多少，其中都不会缺少一条，那就是收到了一份温暖贴心的礼
物。

　　我今天很开心，正是因为现在人在北京的我，收到了一份来自上海
的礼物，既不是邮寄，也不是空投，而是"亲身速递"。是我的一位在
时尚圈工作的朋友，为了圣诞节的节日礼物，亲手选布料做了挎包，里
面放了红酒、巧克力、蛋糕、围巾、自制打印的卡片。一共做了**15**份送
给**15**个人，这**15**个人都在北京，而他则专程为了送这份礼物定了机票早
上飞来北京，晚八点再飞回上海。

　　礼物已经越来越多地出现在都市人的生活中，原本传统的逢年过
节、生日庆典的公事化送礼已经很多，近年来国人越来越富有也越来越
洋派，送礼的能力和名目都大大增加了。公事化的送礼总是让人很排
斥，我记得以前台湾人过节拜访亲戚朋友，总是会有一篮的水果加两瓶
高粱酒，也不管好不好看，需不需要，总之必须按照这样的程序走。

　　现代人之间，送的礼物都变得时尚甚至奢侈起来，要表现品位和财
力。但是我认为，礼物应该是有生命的东西，这个生命是你本人赋予它
的，它必须具备你的个性和你的真性情，它要能沟通你和接受礼物的
人，延续你们之间的情感交往。礼物也是关系远近的标尺，你送的礼

小小的心思设计。能让收礼人温馨和珍惜　　$68

除了礼物包装精美外，礼物袋的讲究也可以使礼物更具价值

精心手工缝制的小袋子，既可爱又特别

精致的包装没
计能突出礼物
的贵重和珍贵

没有阶级和年龄辈分之分，巧克力和红酒最能表达出
温馨和甜美的心意

送人的礼物内容
又能使对方温馨的接受，才是送礼最高的境界

物不要超越你们的交情，否则不但对自己造成负担，也给接受你礼物的人制造了还礼的压力。礼物对赠送人和接受人来说，都能表达出愿望，传递出信息，甚至发表一个宣言，礼物也反映了你希望自己在别人心目中树立怎样的形象。不管送礼是否自愿，每件礼物都须经挑选后才能送出，它是你人品的延伸，对方从中能衡量出你的兴趣、智能和才干。送什么，如何送可能会给人留下重要的，比礼物本身更持久的印象。礼物已成了我们每一个人为人处世、融入社会所不能缺少的社交形式。

现在时尚名流或上层社会都会经常举办各种主题派对，受邀参加的人难免会为主人带来礼物。这时千万不要因为对方是有钱人，或身份显赫，或权势过人，而勉强自己耗资巨大地去送礼。我的建议是，越是在这种情况下送出的礼物，就越简单越好。可以带一瓶你觉得很好的红酒，或是你感觉很值得强烈推荐的糖果，或是一束有气氛又芬芳的鲜花，都可以恰到好处地表达心意。如果对方无法领会你的心意，那么也说明他不是你对路的朋友，更不值得为他花费巨大。

很多礼物和价钱无关，却要看你有没有这个心思。比如给好朋友送礼，可以有许多种花心思的方式：在本地的公园、路旁或学校种植一棵挂有你朋友姓名牌子的树；以朋友的名义给当地图书馆、学校捐赠珍贵的器材或书；给朋友写一首诗、编一首曲或是撰写一个小说；请朋友家里的长辈谈谈他们的童年、回忆或其他差不多快忘却的家庭趣事，把它们录下来送给朋友；送年历时，在年历上标出朋友所有家庭成员和朋友的生日、结婚周年纪念日和其他特殊节日……这些都不是用钱可以买得到的。

还有一件有趣的事可以列出来供大家参考，不同的礼物是有自己的"物语"的，比较有趣的有，女生送给男人领带，代表"你是我的"，还有西班牙人认为黄玫瑰代表嫉妒。

美妆

dressing

当
时
的
肌
肤

同样的部位会因季节不同的变化，而使用不同的产品来做清洁和保养，就会达到好效果

好的保养品和用具都能帮助你呵护好肌肤

能在温馨舒适，清洁的环境下净身保养，是最幸福的一件事

肌肤保养产品专门店是现代时尚的流行产物

肌肤［一］——当时的肌肤

尽管有关肌肤保养的产品和保养概念已经存在了上百年，但女人们关于保养品的迷思一直都存在。毫无疑问，这种迷思来自女人对美的追求，但也很可能来自于女人们对迷思本身的迷恋。有了迷思就有了选择的学问与乐趣，它可以冲淡年龄上扬带来的伤感。

但是，请不要以为年纪的增大会为你带来的一定是负面的能量——只要你用更宽广的心态和视野去看待这件事。当你20岁的时候，可能并不知道自己的皮肤需要的是什么，也不懂得该如何做最适合的保养。当你30岁的时候，你已经了解你的熟龄肌肤的所有特性，可以享受选择的乐趣。当你40岁之后，你所做的，就是用很好的心态学习如何用良好的生活习惯帮助你维持肌肤的最佳状态。当你用心对待自己时，你的身体也会用美丽响应你！

所谓"当时的肌肤"也并非仅仅在讲你或肌肤的年龄，而是肌肤的所有"当时"——它的环境，它的质地，它在某一瞬间或时段内的需要。

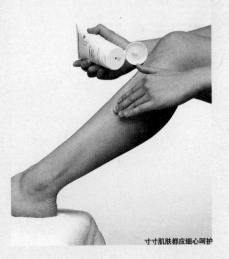
寸寸肌肤都应细心呵护

相同年纪或处在类似环境下生活的肌肤，也都会有干性、油性、中性、混合性的分别。而且，肌肤也会经历春夏秋冬，也会走过不同的国度，也要体验雨天的潮湿和晴天的烈日，外在条件每时每刻都在改变你的皮肤状态，要判定你当时是适合哪种保养品，就要正视皮肤当时的需要。

不要被产品琳琅的外包装所迷惑

粗颗粒的磨砂品，可以帮助身体背部、肩膀、脐盖等部位有效的去除，泥污和死皮

这款身体乳液保湿效果非常好，尤其适合在北京、纽约这些干燥地区

磨砂膏是可以瞬间出现好效果的保养品。分别有脸和身体用的，通常2-3星期用一次就可以

身体乳液可按不同功能来选择，应针对自己所需来购买

细颗粒的磨砂身体洗浴品，可清除全身的角质和死皮吸污垢，使肌肤光滑细致

在巴黎买的Dessange身体保养护肤品。是我多年来的最爱。味道清香，水分保湿超特久

这家在曼哈顿第6大道的身体保养品专卖店。你可以找出各式各样奇特的珍品，很有趣的一家店

细心的研究后再决定买适合你的

挑选保养品，要注意产品特性、生产日期

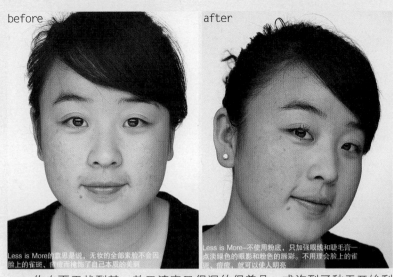

before after

Less is More的意思是说，无妆的全部素脸不会因脸上的雀斑、痘痘而掩饰了自己本质的美腻。

Less is More--不使用粉底，只加强眼线和睫毛膏--点淡绿色的眼影和粉色的唇彩。不用理会脸上的雀斑、痘痘，就可以使人明亮。

你在夏天找到某一款又清爽又保湿的保养品，或许到了秋天开始刮风的时候就会觉得有点不够滋润了，所以当树叶掉落的时候，你就应该开始去尝试寻觅一款更多滋润成分的保养品了。想像一下，季节的变化会让你自然而然地加减衣服，保养品也是一样，天气热时，请为你的肌肤穿上清爽凉快的衣裳；天气转冷，请为你的肌肤多添加些温暖滋养的保护大衣。

在夏天，洗完脸后用上些化妆水，直接打隔离霜就可以了，不要将精华素日霜等全都涂上去，否则会很不舒服，而且到了**2**小时后就会脱落，脸上也会感到油腻腻的。

很多人问我，是不是越贵的保养品越好，用了贵的保养品后肌肤一定会变好吗？事实上，好的保养品在价格上是比较贵，但是不一定每个人都适用这种产品，首先你要研究自己是哪种肤质，才能对症下药。只要是有品质保证的牌子都可以安心使用，要买了解的或听过的品牌。担心铅过多、汞过多其实有点多余，内地对化妆品的检查是十分严格的。如果出现过敏，可能是皮肤不太适合，不是化妆品的问题，不可能所有的牌子都适合你。如果感到痒，就是过敏，那么无论多贵也不要使用。很多人可能会迷信广告或是网络上的口碑，但你要知道你的肌肤既不属于哪个模特，也不属于哪个发帖子的人。

正确的保养品选择观念是没有教条的，秘诀只有两个字——"尝试"。这又给了你一个享受护肤选择的绝好借口：只有不断地试用保养品，才能在千百次邂逅中，和自己有缘的保养品碰撞出惊喜的火花。

和肌肤很熟才能让她更美

神仙水——这十多年来我真的把它当作是我的神仙，从台湾到美国，到法国，到中国内地，从来没有缺少过它

毛刷有粗有细，各有用途，首先要了解自己的皮肤是细致的还是粗糙的，毛刷的确有100%彻底清洁皮肤的效果

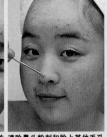

清除鼻头粉刺和脸上其他毛孔中的粉刺和黑头，一定要有工具帮助，才能彻底的清除干净，情况严重的一个月两次

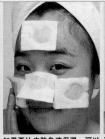

如果要让皮肤急速保湿，可以将化妆水蘸在海绵上，像敷脸一样保持十分钟，有非常好的效果，如果清洁完黑头粉刺，也敷上十分钟，可以有效的收缩毛孔并达到保护皮肤的好效果

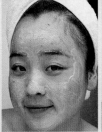

清洁皮肤后，或是轻微的清除脸上的污垢，就可以敷上自己所需的特性面膜，才可以达到一定的功效，但是，太用力的手法和过度的清洁皮肤，则不适于立即敷上面膜，这样会使皮肤受到二次的伤害

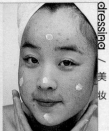

擦拭乳液，应注意全脸的均衡，才能有效的滋润全脸，每次别忽略了耳朵和脖子

肌肤［二］——和肌肤很熟才能让她更美

生活中我喜欢优雅清淡的造型，它可以散发自己的气质。和朋友们近距离接触的时候，他们可以看到你妆容的浓淡，如果有什么瑕疵，会很清晰的看到。这时候，我仍然主张自然的回归原点的化妆。我有些朋友皮肤很好，好到只要眉毛修一修，打一点唇彩，就已经很漂亮了。化妆其实只是借助化妆品突显出原有的美丽。

首先你要通过平时对皮肤的观察，积累经验了解自己的皮肤。在一年四季里面皮肤什么时候最好和最差，所谓好就是均匀度高，有光泽，红润，毛孔的紧凑度高，而在另一段时间，毛孔粗大，容易出油，易起痘，易晒黑等。

对于很白皙细腻很紧致的皮肤，只要增强均匀度就可以。通常在眼袋部分会比较红，如果打上粉底后额头和眼部的细纹特别多，这说明粉底的颜色选的不合适，或者粉底过厚，只要选对颜色涂上薄薄的一层就不会出现细纹。在颜色不够均匀的地方涂上一层防水蜜粉。最聪明的化妆方法是用很少的化妆品化最薄的妆，比较笨的化妆就是用大量的化妆品化一个厚厚的妆。即使对于肤色较暗有些色斑的皮肤，我建议不要去考虑那些色斑。

一般我在造型工作中遇到肤质特别好的人，我会在眼窝或鼻梁等颜色稍深的地方打上相同颜色的粉底。黄皮肤的人千万不要贪白，万一化不均匀，黄的皮肤底色就会出现，就会花妆。过度的白，类似于西方人的白会使人变得比较不像自己，眼白和牙齿也会显得比较黄。具有美白功能的化妆品很容易得到东方人的重视。化妆的第一个重要步骤就是选择一个好粉底，到中午的时候，皮肤会分泌油脂说明粉底把毛孔堵住，里面的油脂溢出来。选化妆品的时候，先从脖子擦一点，如果颜色是相近的，就是最合适的粉底。如果一个很好的粉底涂上去，五官会变得很立体很漂亮。这时候如果眼影和口红过度强调的话，之前那张素净的立体的脸又会消失。

　　隔离霜可以替代日霜，或者先涂日霜再加点隔离霜就可以了。选择深些的粉底。不要把眉头修平，那样化妆就不自然了，只需要修眉峰部位。用深咖啡色的眼影看上去比较柔和。单眼皮的眼睛，一定要用睫毛夹夹睫毛，然后闭一会儿眼，就不会沾到眼皮上。用咖啡色的眼影，东方人只要有这几种颜色就很安全了，咖啡、灰、米色等，一年都够用。

　　如果眉毛的黑度已经够了，那么画眉的时候不要过浓，用眉刷轻刷几下。用睫毛夹轻夹睫毛，刷完睫毛膏以后等1～2分钟后再刷第2次，可以用一点点粉蓝色眼影涂在眼睛周围就可以。为了达到一种粉嫩的效果，可以再涂一点腮红。化妆只要体现优美的气色就可以了，如果想要脸看上去瘦些，可以考虑深一点的粉底，腮红的作用是为了提色，不能修饰脸型。如何让腮红有吃进去的感觉，而不是一块一块很生硬？可以用小粉扑喷点水，扑在腮红的位置，这样妆面会更均匀。

　　口红可以选择用粉红色加点白色，显出很清新很粉嫩的样子。

　　如果想化重一点的妆，在眼睛下边涂上些蜜粉，然后继续化妆。这么做是为了如果有眼影一类的眼妆脱落可以掉在蜜粉上，不会把脸弄脏，如果有眼袋的话也可以起到提升亮度的作用。睫毛膏很重要，会使眼睛很生动。腮红要刷匀。嘴唇比较薄的时候，我擦些古铜色的口红，皮肤深的时候，用重金属的颜色会提亮，如果用比较嫩的颜色会显脏。化妆时手就是调色盘，在手上抹就好。

　　化妆纸的吸油度是比较密的，油脂不会太突显；而吸油纸由于质地的原因，会显得吸到的油分很多。完全不化妆的状态下可以用吸油纸

这是在瑞士买的磨砂洗面膏。颗粒粗细刚好，每两周用一次，可以使皮肤非常平滑，洗澡时顺便也用在脖子上，我用了三年了。每次去也不多买，这样可以保持存货新鲜

一种针对毛孔清洁的酵素粉磨的洗面品。可以很彻底清除脸上黑头和死皮。但如果刚清除完毛孔就别用。会有些刺激感

泥状的面膜，
能镇静皮肤，
非常有效的改善脸上的出油的状况

这款清除鼻头粉刺的产品组合，非常温和，效果非常好

非常细致的乳液和隔离霜，有两个功效，洗脸后的保养和
妆前的打底，保湿度非常好

SK-Ⅱ这个品牌非常受和很多合作的名人。明星
们都非常喜爱，使用后很快又明显的出现好效
果，也帮助我在化妆之前保湿水分的产品

细颗粒的磨砂膏可以让皮肤特别细腻适合敏感肌肤的人使用

粗颗粒的磨砂膏可以深层有效的去除脸上的死皮。如鼻头
粉刺、黑头、鼻两侧的粉刺和下唇上额的死皮和粉刺

膏状的面膜，非常有效的控制油脂分泌

去吸，并且会吸得很干净。有妆的时候不要用吸油纸，要用化妆纸，先擦鼻子部分，大概按一下再补妆。为什么有时候妆越补越厚重就是因为没有擦干净或用了不适当的吸油纸。海绵加水也是个很好的办法。工作之后如果紧接着就有**Party**，但又不可能回家换衣服，那么在你的化妆包中大概要常备几款基本化妆品：口红、粉饼、腮红。

对于东方人来讲，咖啡色是绝对不能少的颜色，包括画眉毛、眼线、眼影都要有，还有可可色，就是偏红点的咖啡色，这是个过渡的层次。淡咖啡和米白色都是平常必备的颜色。水蓝、粉红是小女生比较喜欢的，成熟女性更偏爱深蓝色、紫色、玫瑰红。这几个颜色如果画不好的话就会让人感到妆很浓，眼白和牙齿会显得很黄，如果不是专业拍照或是**Party**灯光比较暗的时候，在白天使用就是失误了。轻而淡且薄是最漂亮的，夏天的时候，皮肤如果出油要用吸油纸擦一擦。女孩子在精神不佳或者经期，黑眼圈会比较深，嘴巴周围的颜色会比较深，皮肤会比较黄，这个特殊的时期，可以加强自己的美度：比如可以把睫毛夹翘些，睫毛膏涂的浓些，可以使眼睛变的很有光彩。也可以打点腮红，使脸色红润。

眼睛较大或双眼皮，画上淡淡的咖啡色眼影，加深加浓睫毛部分然可以有完美立体明亮的眼妆了

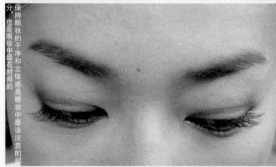

保持眼妆的干净和立体感是眼妆中最该注意的部分，也是眼妆中最花时间的

在眉毛和眼影上，咖啡色永是东方人最适合的安全颜色，又能提亮又能营造出立体感

双眉要配合自己的五官，修型或化型是很重要的

寸寸肌肤都需要牛奶

除了泡牛奶浴能快速滋润皮肤，在非常疲惫时泡个美容盐浴，是非常有效而迅速恢复活力的好方法

牛奶——寸寸肌肤都需要牛奶

　　中国人喝牛奶的习惯并不普遍，也许，牛奶对你来说还只不过是一种偶尔搭配的"软饮料"或某些特定时候的"零食"。

　　多年的饮食文化是顽固的，人的口味也是挑剔的，如果你不喜欢喝牛奶，勉强自己也没必要，因为你不喝牛奶可以喝纯净水，可以喝果汁，可以喝茶……但是，对肌肤来说，它需要的呵护比你的口味更加挑剔，你必须调整观念去对它好一点。女人，对自己多一点要求，就会多几分美丽。

　　毫无疑问，沐浴后的女人更加令人着迷——不论是对自己还是对心爱的人而言。洗澡是一件特别好的事情，它是一次清洁，也是一次家庭**SPA**。

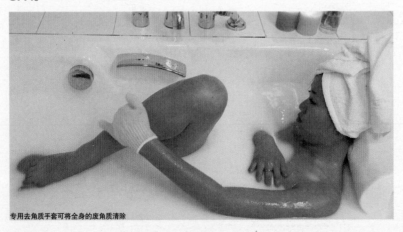

专用去角质手套可将全身的废角质清除

一般意义上来讲，沐浴的确是一个"表面工夫"，但是这个"表面"是你最娇嫩的全身肌肤，你的美丽要靠这个"表面"去散发。因此，"表面工夫"需要深层而细致的呵护。

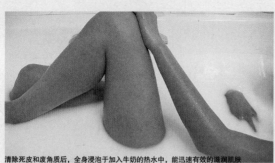

清除死皮和废角质后，全身浸泡于加入牛奶的热水中，能迅速有效的滋润肌肤

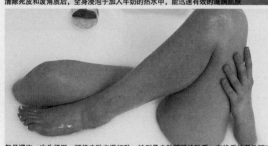

每月浸泡一次牛奶浴，可使皮肤光滑细致。特别是皮肤粗糙的肤质，在换季的月份可以迅速使皮肤达到滑润和保湿的功效

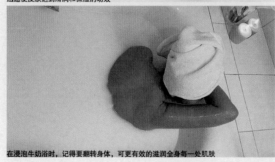

在浸泡牛奶浴时，记得要翻转身体，可更有效的滋润全身每一处肌肤

洗澡的目的是清洁，但肌肤还需要透气。所以每个月为身体做一次去角质护理是必要的，很多化妆品品牌都有身体用磨砂膏。磨砂膏的好处是，它有粒度和力度，能够清洁沐浴露洗不掉的死皮，让肌肤完全解放、透气。

深度清洁皮肤后，牛奶就可以出场了。如果泡澡的话，事先准备大约**1500ml**的纯牛奶——最好是纯牛奶，而不是脱脂牛奶。放半池温水在浴缸里，然后把牛奶倒进温水里，躺进去浸泡**20**分钟就可以了。牛奶浸泡之后用清水淋浴，之后仍不能少去涂身体乳液的步骤，从脖子到手脚，寸寸肌肤在牛奶浴之后都需要身体乳的保护。这样的"家庭SPA"做过一次之后，会让你在**1～2**天之内肌肤细滑，还能闻到身上幽幽的奶香。

在浸泡的过程中，利用热气中的湿度，敷上面膜，可以加强脸部保湿的效果

　　杂志上介绍的美容方法里，经常会提到关于肌肤各类损伤的"急救"功能、方法和产品都层出不穷。牛奶的"急救"功能简单而实用。

　　首先要说的是，皮肤在秋冬干燥的季节或者如机房等空气干燥的地方办公，都会时常面对缺水的危机。这种情况下，洁面的时候不要选择碱性的产品，其实换句话说，就是选择大品牌的洗面产品，现在只要品牌可靠的产品，都会严格控制pH值并且力求性质温和。

　　洁面后一定要用柔肤水——化妆水的一种，可以在购买之前向专柜咨询一下，这种化妆水更偏重于软化皮肤的功能。涂上柔肤水后用双手蘸满柔肤水轻轻拍打面部3分钟。最后，选择油分稍微高一点的乳液涂上。这时你会发现皮肤的干燥受损情况已经得到舒缓，饱和度得到了回归。

　　如果你的皮肤感觉到紧绷，容易过敏，甚至发痒，那大概就是受到寒冷气候的伤害了。这时候建议你每天两到三次面部护理：早上用温和的洁面乳，然后再用化妆水和乳液；中午则用温水加牛奶轻拍面部3分钟，但不要用化妆水了，只选择油分高一点的乳液就好了；晚上的步骤可以和中午一样，只是要把油分高的日用乳液换成偏水质地的晚霜。

　　牛奶的好处是廉价且容易买到，它让"女人对自己多一点要求，就会多几分美丽"。这句话变成现实的时候，少了很多步骤，它的使用像它纯白可爱的样子一样极简单而充满诱惑力。

别具会了节日妆

在纽约我为彩妆品设计的整体造型。产品给了造型灵感，造型给了产品灵魂，艺术的层面就出现了

选择化妆品应在求精不求多的原则下购买

常常会因不同季节不同节庆推出限量版彩妆品。大前提仍然是要注意是否会常用，适合与否来做参考购买

化妆——别误会了节日妆

"梅林老师，请教一下，圣诞节的**Party**妆容应该怎么画？"

"请问梅林先生，春节期间活动时的妆容重点是什么？"

每到年底或其他节日频繁的时候，我总要面临来自各大美妆媒体或时尚同仁这样的发问。有的时候，为了配合特殊的目的，或者配合媒体的选题，我会找出一些彩妆方式或技巧来对答这样的问题。

在为杂志或电视做造型的时候，我也尽量去满足"节庆妆容"的"重点"：眉毛粗或细，嘴唇红或不红，妆面带闪或不带闪，我尽量地用颜色去自圆其说——虽然事实上是在追随当时派对妆的时尚潮流而已。

但那不是我的本意，我个人认为，妆容是需要配合整体造型的，包括你的穿着风格，你所出席场合的主题，还有当年的流行趋势等，而不是用来配合"圣诞"、"新年"或"春节"，因为这些主题看起来好像很应时应景；其实都太宽泛了。很多彩妆品牌都会应季发布自己的"节日妆容"，这可以简单理解为促销惯例，也是一年一度展示品牌理念，产品更新换代推陈出新的机会。

事实上，杂志和电视上以节日为主题推荐的一些夸张的彩妆，不能真的去理解为"节日妆"、"圣诞妆"、"新年妆"，它们其实大多是变相的"派对妆"。

真正在节日里适合化的彩妆，我认为应该是自然而温暖的，带有祥和气氛的，绝不是夸张或过度的"假"。粉色调或红色调比较适合在节

在纽约时我为化妆品设计的妆容。指甲油、口红、眼影同色系的比例在平常时或Party上就会显得过多过重。只适合在平面广告中出现的造型

日期间和朋友在一起，显示出你的亲切可人。打造节日妆的前提是保养得很好的皮肤，不要因为玩得太累就懒得卸妆，一定要坚持完全卸妆和彻底的清洁，而且要定期去角质，并注意保湿和保持饱满的弹性，让皮肤好到可以在室内散发光彩。在这样的皮肤上，即使你使用的是最淡最自然的彩妆，也不会在红男绿女中逊色，再搭配上一件很有气氛的小礼服，已经足够了，绝不会有人认为你没有赶上节日的时髦，你反而会因自然而从节日随处可见的庸脂俗粉中脱颖而出，惹人羡慕。

节日妆容tips

◎ 节日期间比较容易熬夜，黑眼圈最常困扰女人，可以用偏黄色的遮瑕膏涂在下眼睑来达到遮盖黑眼圈的效果。

◎ 粉底液质地要尽量稀薄，如果你手里的粉底产品都不够稀薄，可以用化妆刷蘸水来调节。

◎ 可以把妆容的重点放在睫毛和眼影上，然后选择一个裸唇。因为眼影的色彩和睫毛的浓密度能将眼部，甚至整个脸部的轮廓立体起来，更加清晰；而裸唇则让你在享用节日的美食和美酒的同时，易于频繁补妆。

像关之琳如此的美女，化妆品是用不了太多的，我只刷了些蜜粉。眼线和睫毛膏，涂了点自然粉肤色口红就能如此立体有型，反而每次卸妆清洁是她花费时间最多的，真的惹人羡慕

过度的造型。彩妆不适合在日常生活中表现，只是为时尚流行做些预告展示欣赏

在巴黎为圣诞节设计的红眉毛特殊妆容。私底下是东、西方人都不太适合化的妆，会给人有些怪异和不协调感

◎　节日期间可以尝试平时不会想到去用的配饰、发饰。比如温暖闪亮的发夹或和衣服同色系的发带，随便绑在头上，不但能营造节日气氛，也会立即让简单的妆容隆重起来。

和口红玩一场游戏

在纽约拍摄的作品——任何妆容一定要保持干净、透明、立体，凸显人物的本色

摄影　MARK

涂红色的口红时要有年轻的时尚感，粉底一定要自然清透，眼影、腮红要尽量少和淡，口红以亚光画法最适合

市面上有很多的红色口红。但不是每一款都试合自己。红色口红可以很时尚年轻，也可以很老气庸俗，同时也可以使皮肤达到提亮和光彩的效果，必须自己亲自去试

流行的颜色一直在出新。但能适合自己的可能就是那一两色而已，所以应求精不求多来选择口红

口红——和口红玩一场游戏

"口红"是一种比较老派的叫法，事实上，它在颜色上不但已经不仅仅是"红"，在质地上也分为了"唇膏"、"唇彩（唇蜜）"、"唇油"、"唇釉"、"唇霜"……好像在提及唇妆的时候，用任何一个词汇都不能以偏概全，不妨姑且仍然叫它作"口红"。

口红几乎是每个女人认识彩妆的入门之物，女人对美丽的这场追求中，口红几乎是"梦开始的地方"。但我身边也有很多人一支口红都没有，那是因为她们一点妆都不化，这有点不可思议。

涂一点口红是必要的，哪怕只是透明的护唇油——尽管，我曾经也很不喜欢在嘴唇上蒙上一层东西密不透气的感觉。我的解决办法是，每过5分钟忍受不了的时候就把它们擦掉，休息一下让双唇透透气，然后重新补涂回来。在纽约或者北京这样气候干燥的城市里，这样麻烦自己就完全有必要。

选一支好的口红，需要去考虑的要点很多。比如你的肤色、唇型，当天穿什么款式的衣服，戴什么颜色的帽子或围巾。有的时候口红不是主角，可能只是因为你今天很想穿某一件你爱的衣服，那么你要去找一支口红，它要足以衬托出你爱这件衣服的理由。

比如口红中的经典——纯红口红，也许你一辈子也不适合纯红口红，或者，任何时候也用不到它，那也不必遗憾。**CHANEL**彩妆在**07**年度大力主推了它的纯红口红，即使你真出于某种跟风的目的拥有了它，它未必能

够达到你想要的那种美丽和性感，也许，反而会更糟糕——即使它是世界一线奢侈品牌。买口红要试用，不要在手上试，要在嘴唇上试。有的口红珠光太重了，一擦上去一定不是盒子里的颜色，而是提高亮度的。各种品牌的化妆品都有固定的香味，可以辨别出来，不要买质地不好的口红。否则不但颜色的感觉差很多，而且对健康不利。

选择口红颜色除了考虑肤色、发色和穿着服装颜色之外，与

神秘的红色口红，可以复古，可以现代，永远不失它的魅力和时尚感

marie claire
嘉人

PRIX
D'EXCELLENCE
DE LA
BEAUTÉ
2007
国际美妆大奖
大中华特别奖

美女无龄
护肤IQ大测试

搜索未来
美容大事件

这款妆容简单、立体、清莹，为正红口红
注入了强烈的时尚感。我当时用了法国
Dessange18号的哑光口红

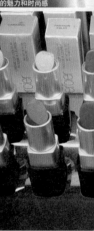

画红唇要凸显年轻时尚感，除了亚光质感，粉润色的眼影也是重要的一环

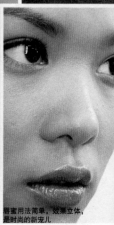

红唇要注到年轻的时尚感，亚光
的质感尤为重要

……ague拍摄时为模特画上深红口红，再现红色口红时尚的魅力

唇蜜用法简单，效果立体，
是时尚的新宠儿

眼形、指甲油、胭脂的颜色搭配也要一致。鲜艳发亮的口红可以使嘴唇看起来丰满些，而颜色深的口红则可以使嘴唇看起来薄一些，东方人口红颜色最好选择以暖色系列为主，这样能使皮肤看上去粉嫩、透明。

口红的描画主要有两种方式，一种是要用到唇线笔和镜子，主要是在涂唇膏的时候，对着镜子仔细描画，让唇膏的颜色均匀地附着在双唇上，绝不越雷池半步。

唇线的画法，重要的是不为脸与唇的边界线所局限，以嘴唇凸起部分的界线为准，由上唇、下唇往嘴角一口气画完。唇形会改变一个人的印象，基本上，直线条的唇形给人意志坚定、冷静之感，而弯曲的唇线可增添女性的妩媚，只要依照自己原有的唇线进行拉伸即可，不要改变得过于刻意。

干练的神情可以用干净利落的唇线来表现。但线条的角度太小会使嘴唇显得凸出，所以，上唇唇山、下唇底边的线条最好画直，而下唇底边的两端往外侧拉长。想把唇线往外画成曲线时，要注意如果整个唇型画得太大，就会显得脸圆得没有精神。应该从上唇唇山的顶点画向嘴角，若嘴唇单薄仅画下唇底边即可。

另一种则是凭经验，根本不用镜子，在开车或看书的时候就能随意补涂，这主要是在涂唇蜜的时候，凭感觉和双唇就可以调整到最完美。

所以说，口红可以用来在视觉上把嘴唇收小、放大、加厚、变薄，但除了描绘方法，颜色和质地也很重要，可见口红的使用确实是一个可爱的游戏。这个游戏的特点是没有太过固定的游戏规则，重要的是如何通过口红感到愉悦和自信！

如果你想增加自己的妩媚程度，可以选择一些粉嫩的颜色，或豆沙色，或玫瑰色，让自己的双唇更加丰满立体，饱满诱人。如果你走的是飒爽的中性路线，也可以选择靠近自己原来唇色的口红颜色或哑光透明色的唇霜，它们能帮你达到迷人的中性优雅，美到最高点。

青霞成为了影马影后。为他设计了新发型，口红是maxfactor442和chanel36二款混合调配出的，当天从上台到之后的庆功宴我都不曾再为她补过口红。因为当时我重复画三次再加蜜粉，就可以达到不脱妆

不同颜色画出不同效果。选择口红应多尝试涂才会出现正确的显露适合唇巴的好效果

唇蜜的唇彩更容易突出唇型的立体感和厚实感，在不同场合都能达到迷人的气质

痘痘——战痘宝典

对于女人来说，没有什么事是小事。如果一个女人的情绪忽然出现了"天崩地裂"的爆发，千万不要太惊恐，也许她只是一早醒来在自己的脸上发现了一颗痘痘。

这样的女人也并不会不可爱，只是，我又要站出来做心理指导了：以我这么多年来在时尚造型界打拼的经验来看，除了"天崩地裂"，还有很多积极的情绪可以用来面对痘痘。这也是"战痘"的最高境界，就是坦然接受这些小东西的出现，它们并不阻碍你的自然美。比如像我和我身边的人，都会觉得痘痘的别名叫"青春痘"，能有痘痘长，说明我们的青春还在。

当你在镜子前对着痘痘发愁时，你会觉得它破坏了你的美，其实是由于你没有习惯它的存在，痘痘在不多、不严重、不显著的情况下未必真的破坏了你的美貌，你要做的是调节心理，试着去习惯它们的存在。另外还有一种方式就是，在长痘期间，你可以想办法从别的方面去突出你的优势，增加美感度，把别人和自己的视线吸引到痘痘以外的地方去。

当然，"心理建设战痘法"虽然是极简主义的处理方式，但对于大部分女人来说，太难做到了。既然女人喜欢把简单的事情复杂化，那我们就只能来好好研究一下痘痘这个东西了。

从皮肤的原理来讲，角质层是皮肤的最外层组织，**28**天为最外层角质的一个代谢周期。如果角质层没有正常代谢而变得厚重的话，皮脂腺就无法正常排出，为痘痘的产生提供条件。皮肤全年都会分泌油脂，以保持皮肤的润泽，而春夏季分泌特别旺盛，各人的皮脂腺分泌能力各有不同，油脂分泌特别旺盛的人就是油性皮肤，如果角质层厚重的话，很容易堵塞毛孔，形成痘痘。

而且，如果你在某一段时间内化彩妆频繁，卸妆不彻底不及时，工作压力大，焦虑紧张，吃得太辣太油腻，或在户外照射了太多的紫外线，都让痘痘更容易冒出来。

对付痘痘的产品和方法有很多，我个人想推荐一种最简单的药品。在台湾叫做"面速力达姆"，它在内地的任何一家药店也都可以买到，全名叫做曼秀雷敦复方薄荷脑软膏，除了可以"战痘"，还对晒伤有效。具体用法是，将软膏涂在痘痘上，每天晚上涂了睡觉就可以了。如果痘痘意外破裂，也要记得涂上它。

其实，保养品中的化妆水、面霜和乳液也都对痘痘有缓解作用。首先要及时清洗面部的油性分泌物，防止毛囊和皮脂腺堵塞，最好不要用油质和膏质的化妆品。可以用卸妆水彻底卸妆后用洗面奶或普通香皂洗脸，但不要用力摩擦和使用带颗粒的按摩乳。清除残留在皮肤表面皱纹中的彩妆品，可以防止粉底或扑粉中的微颗粒堵塞毛囊皮脂腺口而诱发或加重痘痘。另外，长痘痘的女人不应该浓妆艳抹企图遮盖痘痘或痘痕，反而应该选择化淡妆，并且尽量减少化妆次数，缩短彩妆品在脸上停留的时间，避免彩妆品中化学物质对皮肤的刺激。以粉底来说，阻塞毛孔呼吸且不说，而且粉粒会跟油脂细菌混在一起，让痘痘恶化。

愈疗期注意事项

◎ 遮阳，经常接触阳光会让汗腺及皮脂腺的分泌活跃，阻塞毛孔，加速发炎。

◎ 尽量少去泳池游泳，泳池的消毒剂及细菌都会刺激皮肤。

◎ 戒烟停酒，烟中的尼古丁会让内分泌紊乱，增加油脂的爆发，酒精则能让血液转为弱酸性，间接引起痘痘，酒精也会加速血液循环，引爆"痘情"。

◎ 少去按摩和洗桑拿，按摩和桑拿促进血液循环，发炎的痘痘会因此更加严重。

◎ 少吃煎炸、油腻的食物，在油脂分泌的过程中受阻塞或细菌感染，就会长出痘痘来。

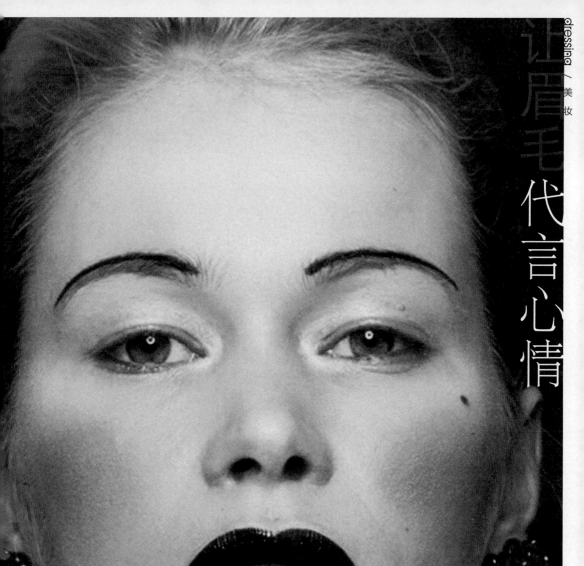

让眉毛 代言心情

在纽约为杂志拍摄的妆容。眉毛的独特设计，可以营造出更时尚的戏剧效果

少女应保持自然的眉型，更能显出自己青春的气息　　为杂志拍摄时，我在为模特加强眉型的立体度

眉毛——让眉毛代言心情

　　如果你身边的人时常动辄就抱怨你"摆臭脸"，而你其实根本没有任何情绪，也没想给谁脸色看，那么可能会是这方面的原因——有些人的五官排列很"吃亏"，不笑的时候表情会显得很"不高兴"。但是现在的社会人们大多忙而累，又有几个人能像个艺人一样时刻记得在自己脸上堆上一副亲和的微笑。就算是艺人，也有笑僵笑累的时候，为了不让别人误会自己"摆臭脸"而让嘴角一天下来十分疲惫。

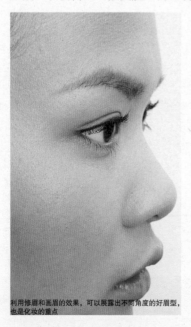

利用修眉和画眉的效果，可以展露出不同角度的好眉型，也是化妆的重点

　　眉毛是人脸上一对微妙的装饰品。一个人的气质和美感可以通过它们体现出来。脸宽的人在表情放松时可能会给人凶的感觉；高颧骨也会让人感到厉害；鸡蛋型的脸给人以甜美柔弱的印象……这些五官给外人的误导是可以通过修理调整眉毛来修正的。眉毛可以改变一个人的脸部线条，甚至一张胖胖的脸也能通过修眉而在视觉上达到让脸部变得清秀的目的。

　　"修眉"的理想方式是拔和画，我不建议纹眉或纹眼线，纹的效果一旦不好就不得不再去洗掉，这个过程会很疼。眉毛会跟着年纪的增长皮肤的松弛而改变的，洗不干净的话那个痕迹会跟我们一辈子。我给艺人化妆的时候，处理她们以前纹过的眉毛，会用很厚的粉底先遮盖住以前不协调的眉形，然后再画出我想要的眉形，这就让纹眉这件事显得多此一举。

而且，纹眉会阻碍你随时改变眉型，一味地保持一种眉型也是对自己造型的不讲究。因为同一种形状的眉毛不会符合你所有的打扮，也不会跟上时代的变化。眉毛是有个性的，可以表现出你脸部和别人不一样显著的特色。对于眉毛的造型我建议依心情而定，或是以当时当日的心境而定。

如果你是眉毛很细的人，你可以尝试改变留粗眉毛，只是一个小动作，可以让你整个人的风格都不同，说不定可以顺带改

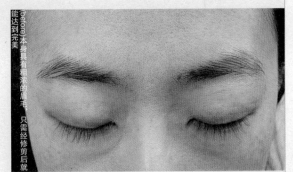

(before)本身具有粗浓的眉毛，只需经修剪后就能达到完美

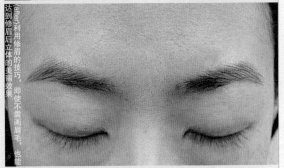

(after)利用修眉的技巧，即使不需画眉毛，也能达到修眉后立体的美丽效果

利用修过的眉型，在眉毛上加强颜色，更可以达到立体和浓密的效果

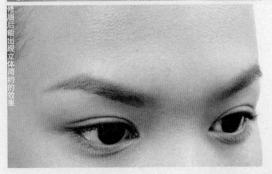

修眉后能出现立体简约的效果

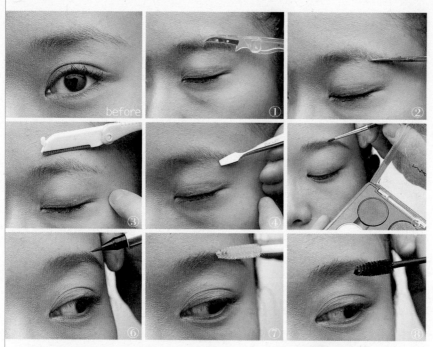

before（未修饰的眉型）稀疏无型的眉毛，就会没有神采

①首先将眉毛全部往下梳，才能看出眉毛的长短度

②将杂乱的眉毛修剪整齐

③将上方的眉毛往下缩，修平

④将尾部的杂乱细毛用镊子拔出，使皮肤看起来平滑干净

⑤用深咖啡色和黑色眼影粉，将眉毛勾绘出立体的形状

⑥使用眼线笔一根根的画法，更可以使眉型达到自然立体的效果

⑦眉毛浓密的人，使用透明睫毛刷，可以使眉型清爽立体

⑧眉毛稀松的人，使用黑睫毛膏刷眉，可以使眉毛达到浓密清晰立体的效果

变你的彩妆习惯，搭配你平时不敢尝试的颜色或衣服质地。不要害怕改变，如果你不尝试，你永远都不会知道自己可以变成另一个自我，你会爱上你的新造型，爱上幻化的造型游戏。

当然，改变不一定是**100%**完美的，你可以慢慢试验，细细品味，到底改动哪个细节才会变得更好，或是发现哪个变化其实并不适合你。

如果你已经纹了眉，而现在它已不适合你，那么可以考虑洗眉——运用科技和先进的医疗技术来帮助你。首先要了解你自己是不是想要改变目前的眉型，如果你之前的眉毛真的纹得不好，每天化妆的时候都觉得你的眉毛是你化妆时的败笔，又觉得自己没有通过化妆技巧修饰的能力，那就说明忍受洗眉疼痛感对你来说是值得的。洗眉的时候你也可以试着保留眉头，把后半部分的眉型洗净，之后你就可以尽情享受画眉和尝试变化不同眉型的乐趣！

如果你经过咨询造型师或是已经洗过眉后，发现你的纹眉纹得太深，就算洗眉后也不能完全去除的话，也请你不要气馁！打起精神，在你原有的眉型上好好练习，利用化妆技巧，来修饰你的纹过的眉毛。熟练之后也会呈现与你纹眉前不同的效果。

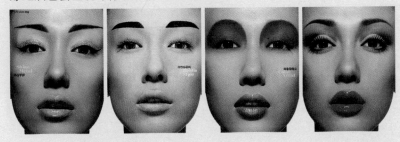

画眉毛的时候首要请你一定要熟练，多多练习一定会为你带来很大的好处。并且，请你一定要注意你所选择的颜色，以一般东方人的肤色和发色来说，我会建议选择咖啡色系是最佳的颜色，在配合你个人的肤色和实际的头发色调，去选择咖啡色系中的深浅不同或是偏红、偏棕的变化。

在多年的彩妆造型工作中，我常常听到这样的问题——灰色的眉笔是否也是个好选择？灰色高级内敛，但在眉笔的运用上却是个大误会，因为灰色会让你的眉色看起来显得不自然。举个例子来讲，几乎纹眉一段时间之后的颜色效果都是灰蓝，虽然你当时纹得颜色可能是咖啡色或是黑色，但是当随着时间的流逝，颜色变得越来越淡之后，你会发现所有的颜色最后都会呈现灰蓝的感觉，不再是当初纹上的真实色彩。所以当你使用眉笔的时候，请尽量避开灰色，灰色会令你看起来不自然或被误会是纹眉。而且，已经纹眉的人，再用灰色会更加强调纹眉的不自然，我会建议您试试用咖啡色来软化东方人原本刚硬的眉毛颜色，会让你看起来显得自然而温和。

爱手
爱脚

深樱桃色可以在视觉上使皮肤变得更白更细润

看场合涂抹颜色不失礼仪又能使自己的气质和时尚感加分

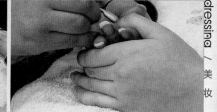
常修剪和保养手、脚趾甲可使女人更具魅力

手脚——爱手爱脚

爱手

　　家庭聚会里，能伸出一双奶油桂花手的女人传达出令人艳羡的少奶奶气质；职场上的公务场合里，细致的水葱白玉手是女白领递出的第一张名片。恋爱的时候，第一次牵手是让男女主角都惊涛骇浪的，如果女孩子的手坚硬粗糙，马上就会大煞风景。

　　不管你的造型和穿着多么滴水不漏，双手是必须裸露和展示的，它们是你和很多东西发生交流的第一任传递者，好像你的私人使者一样让别人信服。

　　但它们也是你所有的器官中最繁忙的，敲电脑、化妆、洗衣、洗碗……所以爱手是必须的。做家事时，最好戴上外层橡胶、内层棉质的手套，因为经常接触清洗剂及一些化学剂都会对双手产生极大的伤害，而且最好半小时就脱一下透透气。

　　如果经常骑脚踏车或经常拉一些健身器材，手起了茧，可以在泡温水后，用浮石去除。但频繁去角质会让手部皮肤的防护能力降低，所以别忘加一层护手霜。

　　随时随地常使用护手霜是最简便，也最有效的护手步骤。工作不同，对双手呵护的需求就不同。如果你刚刚用力扭转湿淋淋的拖把，手容易变粗糙，选用护手产品时可选用防护型的护手霜；如果你在有空调的写字楼里盯着荧幕敲击键盘，双手更多的是缺乏水分，可选用保湿型的护手霜。

◎　如果手背肌肤有紧绷感及少许细纹，选用一些性质较温和，含甘油、矿物质的润手霜；如果肌肤出现干痒脱屑状况，则属敏感干性肌肤，选择含有薄荷、黄春菊等舒缓成分及甘渍等滋润剂的润手霜。

◎　在平时的饮食中注意多摄取含维生素A、维生素E及锌、硒的食物，如绿色蔬菜、瓜果、鸡蛋、牛奶、海产品、杏仁等，以避免肌肤干燥。外部护理可以选择鸡蛋和牛奶，用适量的牛奶、蛋清和蜂蜜调和，敷在手上用热毛巾裹住，15分钟后洗净，每星期一次，可去皱、美白。

◎　多做手部按摩，促进血液循环，防止手部浮肿。按摩时可以涂上按摩膏、橄榄油或维生素E油。方法为：以一手拇指和食指抓住另一手的手指两侧，轻轻地从指根拉到指尖。每个手指各做2次，左右手交替进行。

◎　定期去美容院做手护理：去角质、按摩、做手膜。

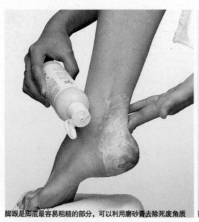

脚跟是脚底最容易粗糙的部分，可以利用磨砂膏去除死废角质

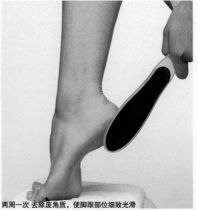

两周一次 去除废角质，使脚跟部位细致光滑

◎　女孩的心思你别猜，男人的心思也很奇怪。比如关于女人的脚，很多男人会关注女人的脚，认为女人的脚是细致曼妙的所在，也是性感的集中地带。到了夏天，女人的脚会随着各款凉鞋一起面世，男人们则会把脚也算进一个女人的分数里面去。如果你的脚被晒黑、粗糙，脚后跟露出黯淡

的茧，那么即使她的妆容再完美，造型再得体，分数也是不及格的。

每星期为脚部做一至两次全面护理，全步骤：

1．用水温**40～50℃**左右的水泡脚，水淹没脚踝即可，这样浸泡上**10**分钟。泡脚后，用柠檬皮搓脚可以软化角质层，特别是脚后跟皮肤。待脚部皮肤回复最柔软时，就可使用磨皮石去除脚跟死皮。

2．到美甲店或药妆店购买一支软皮甲油，去除脚趾甲旁的死皮，只要在甲边涂上，**10**秒后用棉花抹去死皮，可以让脚趾看来清洁整齐。

3．用脚部磨砂膏全面为双脚做去死皮护理，加上按摩五分钟，可使双脚肤色回复细致白嫩。或者用海盐与橄榄油以适当比例**DIY**按摩油，或在凡士林中加入数滴橄榄油，混合后即可用来给双脚按摩。按摩时用手掌紧贴脚跟经过脚心到脚趾，反复搓揉到脚心发热。

4．如果是晚上，用过足霜后，再穿上专用的保湿修护袜，有深层滋润的效果。或者用橄榄油涂在脚底，穿上棉袜，让热气帮助毛细孔张开，油分被吸收而使双脚皮肤变得柔软光滑。

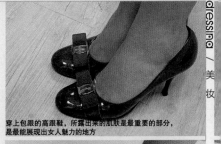

穿上包跟的高跟鞋，所露出来的肌肤是最重要的部分，是最能展现出女人魅力的地方

穿上要露脚趾的鞋尤其要注重指甲的清洁度和注意皮肤的保湿光滑度

保养过的脚再穿上鞋可以使鞋型更出色

在换季时，浸泡牛奶可以避免脚部粗糙干裂

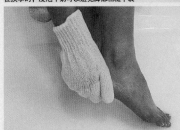

去角质专用手套，可以去除外出一天脚背和脚底的污垢

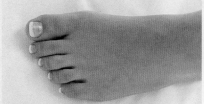

法式的美甲最适合穿各式露脚指的鞋款。绝对可以使女人的美和优雅达到最高分

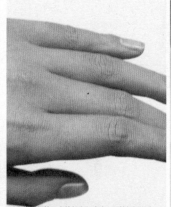

手和指甲保持一定的长度和清洁。保持好湿润度。

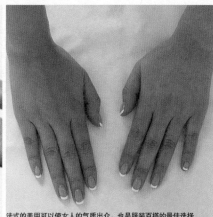

法式的美甲可以使女人的气质出众。也是服装百搭的最佳选择

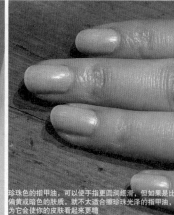

珍珠色的指甲油，可以使手指更圆润细滑，但如果是比偏黄或暗色的肤质，就不太适合擦珍珠光泽的指甲油，为它会使你的皮肤看起来更糟

擦上深樱桃色和枣红色的指甲油，绝对可以使手显得白皙，表现出好肤质

如要擦上深色的指甲油，指甲修成好形状是绝对必要的

皮肤较深涂上深樱桃色和深枣红色的颜色可以立刻使形变得细白和修长

女人的手是非常重要的，它也是全身最美丽的装饰品，能看出女人的细致和优雅

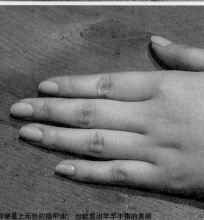

即使是上无色的指甲油，也能显出芊芊手指的美丽

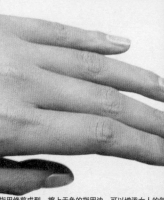

指甲修剪成型，擦上无色的指甲油，可以增添女人的气和文静度

「将计就计」地爱秀发

东方人的发质不一定都能表现出像西方女人那么的自然有型

前额的齐刘海可以绝对的达到时尚流行性，也可以改变脸形，但一旦剪不好也会有土气和呆板的效果。如果你的衣着不属于前卫时尚，就请不要效仿

拍摄封面，将模特头发梳得干净利落，更能显出服装和化妆的大气

在英国拍摄时装作品，将头发梳光梳高，可以利落的表现出服装和饰品的优雅感

头发——"将计就计" 地爱秀发

谈到头发，之所以会首先想到"将计就计"这个词，是因为对于发型我印象最深的就是自己或身边的朋友，在剪过头发之后常常会没有达到自己预期的那样，这种沮丧在一定时期挥之不去，对此，最好的办法就是"将计就计"。

改变发型是一场华丽的冒险。衣服穿错可以换过来，妆没化好可以卸掉重来，但头发有着不为所动的生长周期，如果没剪好、没烫好、没染好，在短时间内长不回来。

发型所包含的元素太多了，它包括头发的长度、卷度、层次度、颜色深浅等，如果每样都能让自己和周围的人满意简直应该摆酒庆祝一番了，相比之下，"失败"反而成了一件应该用平常心去面对的事。

当然，仅仅有"平常心"是不足以将计就计的，包容一个失败的发型有很多道具和技巧。拿道具来说，我们真的很幸福，从地摊到大的百货公司，你可以找到各种风格，各种设计的头饰、发夹、头巾、帽子，何不趁此机会丰富一下自己的头发呢？也许它们不但能遮丑，而且能给你一个意外惊喜的全新形象！

还有一件道具更奇妙，就是假发。假发一定要选和自己发色、质地、软硬、粗细一致的，因为全部的假发是可怕的，要保持自己露出来的头发有**40%**是自己的真头发。因为无论做得多么好看的假发，它都是静止的、没有活力的，不像自己的真头发，它有发根，生长方向，有个

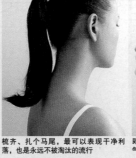
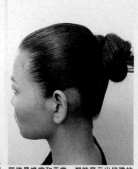

光扎个髻，最可以表现出各种脸形的女
人美丽大方的形象

梳齐、扎个马尾，最可以表现干净利
落，也是永远不被淘汰的流行

即使是晚宴和平常，都能显示出优雅的
气质

性。最好的戴假发方式是配合真发只戴一部分假发。

至于技巧就更多了，当你或你周围的人判定现在的发型是"失
败"的，你要做的是心平气和地想对策，最有创意的当然是"将计就
计"——趁此机会大胆尝试自己平时不肯涉及的造型领域。有很多人会
坚持自己现有的发型，认为那适合自己的脸型或什么别的原因，但如果
没尝试过其他造型，就不能判定这个发型是最好的。有的人认为自己的
头发必须烫卷，若剪成直发她就不能活了，也有人绝不剪短发……很多
人会在头发上固执己见。

既然发型已经失败了，那么失败之后再失败也不会吃什么亏，但是
如果这个大胆尝试让你发现了自己的另一种潜在的美丽形式，从一次错
误中学会促进自己在造型方面的成长，那么失败就变成惊喜了。

也许你可以趁这次"失败"的机会，不但改变发型，也相应地改变
妆容和穿着，变一个全新的自己看看。毫无疑问，发型是需要和整体造
型搭配的，有很多执着于发型的人，头是头，身子是身子，这在整体视
觉上对自己的形象破坏力很强。也有很多人什么流行就赶什么时髦，也
不顾自己的高矮胖瘦和自己的个性风格。

"将计就计"的意思，事实上是让你在造型方面胸怀大志，包容自
己开阔眼界，你的造型就会和人生一样多姿多彩。

说过了"失败"和"将计就计"，还是要说"成功"的头发应该怎

么打造和保养。

　　长发的确使人显得更加妩媚多变，扎马尾、盘发、洗直、烫花，要注意的是长发是不是适合自己，如果整体造型不对劲，会不会是头发出了问题，层次好不好，颜色好不好看，长度是不是合适。我见过一个朋友失败的例子，她一直坚持留长发，谁要剪她的头发简直要了她的命，随着年纪慢慢增加，已经不再属于"青春美少女"之列了，却还是长发及腰，实在让周围的陌生人愉悦不起来。

　　年纪稍大的女人如果要梳马尾的话，可以将马尾梳高一点，如果有刘海要全部向后梳，露出额头，可以让发型显得干净利落。如果要染发的话，要挑染明亮度高的颜色，亚洲人的染发度在**5～8**度是最安全，也是最适合的。不带红色的巧克力发色，最适合东方人。

　　有的长发剪的层次比较糟糕，本来很厚的卷发，打了很多层次后头发会蓬起来，夏天会感到很热。我们要先知道头发是属于直发还是自来卷，是否适合做很多的层次；短头发在剪后一个多月一定要再去修型，这样才能保持短发的俏丽和

如果脱发严重应看医生，可以使用特殊的保养品和洗发精。这组洗发精是我的最爱。价位ok但必须在巴黎才买得到

有些发型是适合东方人的，简单利落又有种时尚感

日本和韩国疯狂流行马尾和简约自然的包包头。到处可见。也是百搭时装的好发型。我曾一天看到100多次此发型出现在日本各地方

不光是拍摄时尚大片。干净简约的马尾仍然可以给任何状态下的女人带来时尚和明亮感

发的颜色也要调成浅灰色时，才能显出最后的爱情

此款洗发精可以防止掉头发，洗后头发蓬松，能有效地控制出油，尤其适合长头发的人使用

这种自然的发型自己就能打理，简单有型。东西方人都适合

蓬松，自然的往后梳，不那么的工整，却有另一番的优雅，也不失在重要场合中的庄重

在为Vogue拍摄时为模特整理马尾

精神。短发留长发的过渡期间，由于长度的不够如果扎起来会像个小扫把翘起来，看上去不好看。这个时候不妨烫个大卷，让头发有些弹性就不会翘，擦些啫喱就好。度过过渡期，就会有耐心把长发留下去。

洗发保养tips

◎　洗头发之前最好花点时间先梳发，这样可以把打结的部分解开，梳落头皮上的污垢与头发上的污垢。

◎　洗发和护发能够给受伤的头发营养成分，让头发由内到外恢复生气。洗和护要分开，洗的时候要照顾头皮、发根，发尾必须仔细地清洗，才能使头发发尾吸收到营养，而用护发素的时候，则可以对头皮进行按压按摩，能够增加头皮健康、血液循环，促进头发吸收健康营养。

◎　洗发后要先用毛巾将湿头发擦干，然后尽量自然晾干——假如你接下来根本不出门或没有重要应酬的话。如果一定要吹型，先用毛巾用轻压的方式将水分挤干，才可以用吹风机吹干，不要马上拿起吹风机吹整发型。

◎　乱吹头发可能反而会使头发更乱，所以，吹整之前最好先将头发梳开，这样才能既能确保头发的走势，也可以避免头发打结，使头发在吹整的过程当中受伤。而且吹发时尽量缩短使用时间，让头发与吹风机之间保持至少十厘米的距离。不要随便学发型师用很热的风吹头发，因为发型师是在用双手吹整你的头发，而且站在你身后，你自己根本无法做到专业发型师的距离和摆动吹风机的幅度。

6

健康加油

healthiness

迷人的温暖时刻

甜食是我的最爱。每次喝下午茶时，一定少不了三、四种不同的甜品，尤其是这间在日本南青山的yoko moku cafe，每次去日本必要去这里好几回

在巴黎ＦＯＵＱＵＥＴＥＳ的店里，有多种
可口的甜品让人挑选，也是我最爱的地方

Le grainne Cafe 在纽约第9大道21街口，是最多
文人雅士名人聚集的地方，也是我经常流连光
顾的地方

下午茶——迷人的温暖时刻

　　饮下午茶源自17世纪时期的英国，历经四个世纪至今，穹庐吊顶换
成了高楼大厦，斑驳的壁炉换成了透满阳光的玻璃幕墙，但醇厚的饮品
和精致的茶点依旧，边看着午后街头的匆匆脚步，边和好友低语闲谈的
气氛依旧，遥远的维多利亚时代的下午茶穿越了时空，依旧荡漾在每个
人的乱世浮生里。

　　在永远都有很多公事私事等着做的时代里，每个人都有好久没时间
见的朋友，有无话不说的死党，有偶然间不知因为什么事认识尚等着变
得更熟悉的新朋友……不管街上正是细雨绵绵还是斜阳高照，下午茶让
你和他们的更加接近都变得合理起来。

　　任何一个理由也都能发起一个下午茶的邀请，也许你刚刚升职加薪
了向死党炫耀一下，也许你刚刚剪了个新发型想让多一点人给点评价，
也许你刚刚买了个新款包包想和大家分享，也许你正打算和老公离婚不
知所措，也许你新近听到几个小小的八卦想要继续散布，也许你只是今
天稍微打扮了一下想多见几个人而已……总之，下午茶都会为你酝酿一
个好结局。

　　当然，另有一种下午茶是具公务功能的，但工作并不会破坏下午茶
的温暖和浪漫，下午茶却减轻了工作带来的压迫感，让公事变得不那么
枯燥和刻板，当你在下午茶的气氛里谈公事的时候，偶尔插上一两句闲
话，也不会显得唐突，却增加了谈资，让你有更多的机会显示自己活泼

的一面。

就算以上的任何状况你都没有，还是有很多理由让你去应一个下午茶的邀请，你能从一次温暖的下午茶中收获的，有你意料之中的，也有你想不到的。从生理的角度说，下午吃一点东西，不仅能补足动力和营养，也是一天中的精神轻松时刻。从造型的角度说，不同的类型和人群的下午茶水你会看到不同的风景。就算只是去看到了人们的衣着光鲜，只是感到时尚的气息在弥漫，你都能感觉到生活的美好和幸福。

下午茶对茶桌的摆饰、餐具、茶具、点心盘等要求非常讲究，茶杯、茶匙、茶刀、茶碟、茶点盘、点心叉、糖罐、奶盅瓶、餐巾，以及茶壶、漏杓、三明治盘等器具，摆在铺着刺绣或蕾丝花边桌布的茶桌上，加上轻柔优美的音乐，忙碌的现代人难得如此平和、精致，下午茶的愉悦感油然而生。

星级酒店里的西餐厅大多都有正宗的下午茶，有一临街的大玻璃幕墙，人工瀑布或小小喷泉水利喧而不哗。各式西餐琳琅满目，下午茶及茶点也十分精致，多数原料运自各国本土，而且是红发碧眼的外国厨师亲自调制。这种西餐厅环境开阔、舒适，没有一般餐厅的嘈杂，有时一杯下午茶可以喝到日落黄昏。

也有很多咖啡馆、西式餐厅隐藏在闹市区或写字楼商业区里，它们可能门面不大，但厅内容量不小，装饰奢华，即使大白天也是灯火辉煌，墙上油画着的或许就是变形了的维多利亚时代的建筑和人事，色彩斑斓。方格桌布白餐巾，桌上一茎鲜花，白瓷器具，乐音悠悠，这样的

日本代官山咖啡座

日本南青山 Dolce MariRisa

在日本表参道喝咖啡

在日本很多的巷口处都有很迷人又温馨可爱的小咖啡屋，就算不想喝，也会被它的外观和气氛所吸引，常有一天内光顾4、5家的纪录

下午茶也许最接近想像中的英式下午茶。

我在纽约看到的下午茶是随性舒适的画面，人们穿着仔裤和T恤，戴上很酷的眼镜和很随意的棒球帽，他们毫不拘礼地互相打着招呼，他们笑着聊着，我听不到他们说了些什么，但这已经是一幅能把欢乐气息感染出去的图画了。

而在欧洲，天哪，就更夸张了，如果你在欧洲看到女人们下午茶的场面，你一定以为自己走进了电影里。每个出席下午茶的女人都会精心打扮成贵妇模样——她们中的大部分也的确是贵妇。每个女人绝不肯在一个随便的下午茶里在穿着或妆容上失了礼数。她们化着淡妆，穿着洋装或小礼服，戴上名贵的首饰，拿着秀气可爱的小手袋，发型完美都不够，还要搭配各种各样的大帽子。当你看到她们全副装备地坐在大沙发里，轻轻搅动杯子里的饮品，和友人浅笑低诉时，请珍惜这个画面，它是在长桌横陈的中餐和晚餐时段里见不到的，它带来的是把电影美术活生生摆在面前**Live Show**的惊喜。

我也喜欢内地的下午茶，我本人不太可能太常参加正式的下午茶聚会，因为造型上的全副武装对我来说太劳累了，也许每个月只体验一两次就够了。不过大多数的时候，即使是非正式的，和朋友小聚闲聊的下午茶，我也会稍微打扮一下——比如配一条咖啡色的围巾，或穿一件羊绒外套，总之一切能配合温暖气氛的东西都可以点缀在身上。我爱的下午茶里，是有大窗户在传递阳光的，有小点心在启发甜蜜灵感的，有时尚力量散发在朋友身上的……这一切，我不相信你会不爱。

日本原宿

巴黎大皇宫

PATISSERIE店内甜品

巴黎BOULANGER店内甜品区

日本南青山 Dolce MariRisa店

日本南青山咖啡屋内的女客人，穿着有型打扮，更添加了下午茶温馨典雅的魅力

巴黎2区歌剧院后BOULANGER咖啡屋

伦敦BEACH BLANKET BABYLON CAFE 45 ledbury road 此区是最多咖啡馆和小餐厅的地方，各有特色，可以好好的游玩整个下午都不觉得累

伦敦202 NICOLE FAHRI CAFE 既可以吃早点，又可以喝下午茶，是西方人最普遍的习惯

日本银座PATISSERIE咖啡屋

在巴黎工作的时候，常常到了下午茶时间，就算在工作中也会主动休息，点些可口的小品喝喝咖啡聊聊

纽约BREEKER st

怀旧典雅的造型装潢是在欧洲最常见到的咖啡屋

纽约 LAFAYETTE街

OTTOLENGHI

OTTOLENGHI CAFE london

Dolce ManRisa店内的甜点

在巴黎即便是开个小会，中途小
息时都可以享受到如此浪漫甜品
下午茶

北京紫云轩内部的陈设，
日本代官山 非常恬静优美

和朋友享受中式的下午茶，在北京郊外的紫云轩

日本表参道

快乐的加油站

在纽约经常自制甜品和健康营养的饼干

在纽约烘蛋糕

小饼干——快乐的加油站

　　十几年前刚到国外工作的时候，我发现一起合作的外国人都过得很"精致"。他们常常会在路边买五颗樱桃、三支香蕉或一只苹果，这在中国人眼中觉得不可思议：我们都是半斤一斤的买啊。西方人的自我意识很强，并不像中国人这样有强烈"分享"文化，他们买水果、点心、饼干都只买自己的分量，吃时也各自吃自己的，所以并不需要太多。而且，他们认为，每次买少一点，可以保持食物的新鲜度——这也的确是值得引进的观念，毕竟香蕉买来的第二天就开始发黑是我们都能看得到的事实。

　　不要小看一份分量精致的小点心，它是我们的小小加油站。最大的作用当然是能量补给，你在一天的工作中，也许因为太忙没有时间去吃一顿正餐，或者正餐需要再等上一段时间，一份小饼干可以让你在正餐之前不至于昏过去——尤其对血糖低的人来说。如果你塞车在路上，小饼干也是让你不至于在车子里又急又饿的救命之物。而且，水果、点心、巧克力、水果糖的甜味和果香会随时为自己提供一份廉价易得的喜

纽约第五大道和华尔街路口上的水果小贩，
忙碌上班族精神加油的补给站

红砂糖 1cup 　鸡蛋 　葡萄干 半杯 　椰丝 半杯

面粉 1cup 二分之一tsp 　白砂糖 1cup 　五谷麦片 半杯 　带有刻度的量杯

奶油 一条半 　巧克力碎 半杯 　杏仁片 半杯 　烘焙的基本器具 2

苏打粉(Baking Soda)二分之一tsp 　花生 半杯 　tsp——带有刻度的汤匙 　香草精(Vanilla extract) 1汤匙 　盐 二分之一tsp

西梅(prune) 半杯 　黄杏干 半杯 　夏威夷果 半杯

悦，让情绪得到舒缓和提升——最烦躁、最无聊的时候，当你看到它们的身影就会涌出一股小小惊喜：还好有它们！

　　这种小饼干可以是干果、水果、糖、点心，总之方便携带的小食物都可以充当，不但在超市可以买到，而且还可以自己**DIY**！我可以为大家推荐几款我自己钟爱的**DIY**小饼干！

将全部的果仁切丁混合在一起

放入1汤匙的香草精

另外准备一个专门的容器搅拌面粉

再准备另外一个容器 将奶油、
糖、鸡蛋分别放入容器中搅拌

搅拌面粉、加入苏打粉和盐

用搅拌器将鸡蛋、糖等食材混合打匀

加入奶油、糖、鸡蛋 用搅拌器打匀

以冰淇凌容器的份量作为每一块饼干的基准

使用容器作为每一块饼干的基准

将份量相同的食材放入涂抹奶油的烤盘中

将准备好的食材放入烤盘，塑成型

压成模型，放入涂抹奶油的烤盘中

进入190℃烤箱烘烤10-13分钟

完成的小饼干

有水性的和油性的浣肠，能迅速有效的解决宿便的问题

好吃的优酪乳，口感滑润、易消化，便秘严重时，可吃 2－3 个，效果显著

葡萄干——可口的零食，高纤维、易消化，容易帮助胃的蠕动

西梅（PRUNE）果汁——甜美好喝、纤维度高，容易帮助肠胃蠕动

不能说的"秘"密

　　很多秘密是不能说的，正如那部电影《不能说的秘密》所演的那样，说出来之后不但破坏了秘密的美丽，而且结局也变得不完美了。我现在要说的秘密，是一个名副其实的"秘"密，这个"秘"字，是便秘的"秘"，而便秘对于一向保守含蓄的中国人——尤其对艺人来说，又多少有些难以启齿。

　　十几年来，经常在包括、美国、法国、中国等地长时间工作，此外还有数不清的国家和地区会常常因为工作原因往来穿梭，所以我的生活环境一直在变化，我的身体常常没过几天就要适应新的水土，新的食物和新的居住环境，总之在身体和各种各样的新环境的长期鏖战中，我积累了丰富的经验。在适应环境的过程中，最常遇到的问题，就是便秘。每当这时，就很难分清自己的烦躁、紧张和不安，到底是来自新环境，还是来自便秘，或者，这些恶劣的因素和情绪以及便秘之间已经形成了恶性循环。这期间皮肤开始干燥起皮，黯淡无光，毛孔粗大，整个人坐立不安，这种不舒服难以形容。我问了很多医生，也看了很多书，并且努力对自己的作息和饮食做调整。

　　但是，我和我的合作者都会面对这样的问题：我们的工作是没有时间规律的，很多时候甚至昼夜颠倒。和我一起出外景或出国出差的艺人们常常会因方便工作而和我住得很近，我有机会看到他们面露难色的和随行人员窃窃私语，再观察这些艺人们的情绪和皮肤，不用去八卦，我就已经得到正确答案了。

　　相信现代化发达的都市里倒也不是只有造型师和艺人在过这种非正

常的生活，我的经验对很多人应该都有很强的借鉴性。从现代医学角度来看，便秘不是一种具体的疾病，而是多种疾病的一个共同症状。它在程度上有轻有重，在时间上可以是暂时的，也可以是长久的。引起便秘的原因很多，也很复杂，但我对自己和身边人的反省就是环境永无止境的变化多端，工作压力强大和作息饮食不规律而造成。治疗便秘的重要手段当然是吃药和使用开塞露，因为严重的便秘得不到药物治疗会严重妨碍人体排毒。我出门都会随身带两三颗这样的开塞露，有时候自己用不到，就会偷偷塞给那些有着"不能说的秘密"的艺人，第二天就会发现他们容光焕发，肤质变好，情绪也提升起来，对他们自己和我的工作来说，帮助都很大。

但不管是内服药或开塞露，不到特别严重，严重到影响健康的地步的时候不能轻易频繁地使用。因为时间长了之后，身体的精神系统和肠道系统都会对药物产生依赖。所以我推荐更加温和的方法——每到一个新地方之后，要强烈注意水和维生素的补充。多喝水很重要，水是最容易获得的保养品，但它的作用并不因此贬值，水可以帮助你的皮肤保湿，也可以帮你清除宿便。而维生素则可以帮助身体调整微循环。除此之外，酸奶、牛奶、香蕉、樱桃、木瓜、蜜枣这些小零食、水果也对缓解便秘有好的作用。但是要记得，如果你自知容易有便秘的苦恼，就千万不要再去多吃鸡蛋、马铃薯（薯片和薯条都算）、巧克力了，参加宴会时要避免多吃煎炒、酒类、辛辣、肉类的食物。

便秘的中药食材疗法tips

在有条件的情况下，可以不必拘泥于以上列举的那些零食，可以为自己料理一些有帮助的食材，又好吃又健身。

◎ 黄芪玉竹煲兔肉：黄芪、玉竹各30克，兔肉适量，加水煮熟，加点盐就可以吃了。

◎ 首乌红枣粥：何首乌30克，红枣10枚，冰糖适量，粳米60克。先把何首乌用水煎出汁，再与红枣、粳米一起煮，再加入冰糖，溶化后服食。

◎ 芝麻核桃粉：黑芝麻、核桃仁各等份，炒熟，研成细末，装于瓶内。每日1次，每次30克，喝时加蜂蜜，再用温水稀释。

图书在版编目(CIP)数据

梅玩梅聊：梅林的美丽笔记／梅林著. —北京：中国
轻工业出版社，2008.7

ISBN 978-7-5019-6380-5

Ⅰ．梅… Ⅱ．梅… Ⅲ．①化妆-基本知识 ②美容-基
本知识 ③服饰美学-基本知识 Ⅳ．TS974.1 TS976.4

中国版本图书馆CIP数据核字（2008）第031104号

策划编辑：白 兰
责任编辑：白 兰　　责任终审：劳国强　　封面设计：印象·迪赛设计
版式设计：印象·迪赛设计　　责任校对：燕 杰　　责任监印：胡 兵 张 可
图形处理：孙凰耀
出版发行：中国轻工业出版社（北京东长安街6号，邮编：100740）
印　　刷：北京国彩印刷有限公司
经　　销：各地新华书店
版　　次：2008年7月第1版第1次印刷
开　　本：889×1194　1/16　印张：11
字　　数：80千字
书　　号：ISBN 978-7-5019-6380-5/ TS · 3720　　定价：36.00元
读者服务部邮购热线电话：010-65241695　85111729　传真：85111730
发行电话：010-85119845　65128898　传真：85113293
网　　址：http://www.chlip.com.cn
Email：club@chlip.com.cn
如发现图书残缺请直接与我社读者服务部联系调换
70484S3X101ZBW